JN317605

天狗の嫁取り

Riichi Takao
高尾理一

CHARADE BUNKO

Illustration

南月ゆう

CONTENTS

プロローグ

雪宥《ゆきひろ》は暗い山のなかを走っていた。

足がもつれ、転びそうになっても、必死に踏ん張ってあてどもなく逃げ惑う。息が上がり、身体《からだ》は鉛のように重く、肺が焼けそうに痛んだが、止まることはできなかった。

道などすでに見失い、山を登っているのか下っているのかさえ、わからない。

背後に聞こえるのは、足音ではなく羽音だった。

苦しい息のなか、何度も振り返って、雪宥は追跡者の姿を確認した。目にするたびに、全身が震え上がり、逃亡を諦《あきら》めて地に倒れ伏してしまいそうになる。

顔立ちや背恰好《せかっこう》は人そのものだったが、彼らは人ではなかった。一様に山伏のような恰好をして、背には黒い翼が生えている。

——天狗《てんぐ》。

信じられないが、そうとしか考えられなかった。

彼らは走らずに宙を飛び、雪宥の肩が摑《つか》めそうなほど近くに迫ったり、わざと遠くへ下がったりしていた。

嬲《なぶ》られているのだ。

すぐに追いつくのに、逃げる雪宥を怖がらせるためだけに、捕まえないで遊んでいるらしい。執拗《しつよう》に繰り返されるその行為に、彼らの残忍な性質が見て取れる。

疲労でスピードを落としながらも、前へ進もうとしている雪宥の足が次第に上がらなくなり、でこぼこした斜面でついに躓《つまず》き、地に倒れこんだ。

羽音が近づき、雪宥の周りを囲って止まる。

「鬼ごっこはもう終わりか？　もっと逃げてくれなければ、狩りの楽しみが味わえんではないか」

「人にしてはよく逃げたほうだろう。俺はそろそろ、御馳走《ごちそう》にありつきたい」

「うまそうだ。こんなに甘い匂《にお》いのする人間は何十年、いや何百年ぶりか。じっくりと可愛《かわい》がって甘い蜜《みつ》を零《こぼ》してもらわねば」

あまりの恐怖に、雪宥は声も出せなかった。たとえ喉《のど》が裂けるほどの大声で叫んだところで、助けてくれる者はいないだろう。

尻《しり》もちをついた恰好であとずさったが、背後にも天狗は待ち構えている。逃げ場などどこにもなかった。

「ほう。匂いもいいが、見目も麗しいではないか。色白で人形のように整っている」

「大きな目が怯《おび》えているな。ふっくらした唇が真っ青だ。赤みを取り戻すまで、舐《な》め尽くしてやろう」

「震え上がっているのに、肌が艶々《つやつや》しているのが見ただけでわかる。これほどの極上の獲物が自ら飛びこんでくるとは」

今にも涎《よだれ》を垂らしそうな天狗たちの手が、雪宥に伸びてくる。

もう駄目だ。そう思ったとき、突然ゴウッと激しい風が吹き、仰向《あおむ》けに倒れた雪宥のすぐ近くに、なにか大きなものが落ちてきた。

風はじきに静まり、顔を覆っていた両腕をどけた雪宥の目に、一際立派な白い翼を持つ天狗が映った。

腰に太刀《たち》を佩《は》き、左手には大きな羽団扇《はうちわ》、右手には錫杖《しやくじよう》を持った大柄な天狗は、雪宥を跨《また》いで立ち、群がる天狗たちを睥睨《へいげい》している。

「……剛籟坊《ごうらいぼう》」

天狗の一人が、どこか苦々しい声で呟《つぶや》いた。

剛籟坊と呼ばれた天狗を、雪宥は信じられない思いで、ひたすらに目を見開いて見つめてしまった。知っている顔だったからだ。

「なにをしに来た。さっさとそこをどけ、剛籟坊」

「我らの獲物を横取りする気か」

騒ぎたてる天狗たちを、剛籟坊はシャンと錫杖を鳴らして黙らせた。

「これは俺のものだ」

低いがはっきりした声で剛籟坊が言った途端に、雪宥の身体がひとりでにふわりと宙に浮いた。

「う、わ……っ！」

びっくりして手足を振りまわしてもがく雪宥を、剛籟坊が引き寄せ、横抱きに抱き上げる。

白い翼を広げた剛籟坊は、天狗たちの不満の声が追いかけてくるのを振りきって、空高く飛び上った。

重力に逆らい、視界が目まぐるしく変化するスピードで上昇し、ふっと止まる。

地上からは見ることなどできない高い杉の木のてっぺんを見下ろしていることに気づいた瞬間、雪宥は気を失った。

1

今が盛りと咲き誇っている紅い花を、雪宥は縁側に座って眺めていた。

父方の祖父が精魂こめて世話をし、毎年綺麗《きれい》に咲かせている花である。ここへ来たのは十四年ぶりだから、本物を見たのも十四年ぶりだった。

芳《かぐわ》しい匂いを放ち、深紅の色合いが美しいユリ科のこの花は、地元ではアマツユリと呼ばれており、図鑑には載っていない特別な種類で、この地にしか咲かないという。

五日前に亡くなった祖父は、毎年アマツユリが咲くと写真を撮って、東京で暮らす雪宥に送ってくれていた。来年から、この花はどうなるのだろうかと思う。

土岐《とき》家は先祖代々、東北地方にある不動村《ふどうむら》に住み、広大な土地と大きな屋敷、莫大な財産を所有している。雪宥の父は十八歳で村を出て上京し、大学で知り合った母の香織《かおり》と結婚して雪宥を儲《もう》けたが、不治の病に倒れ、十三年前に他界した。

祖母は雪宥の父が幼いころに病死し、父には兄弟もいないから、土岐家を継ぐ直系男子は現在、雪宥のみである。

「雪宥、ちょっといらっしゃい」

「……はい」

奥の座敷から母に呼ばれ、雪宥は気が進まないながらも、腰を上げた。

座敷には母と、母が再婚した新しい父親、異父弟の慎也《しんや》がいた。十歳違いの甘えん坊で我《わが》儘《まま》な弟は、両親のそばから離れようとせず、雪宥を不満げな顔で睨《にら》みつけている。

東京から何時間も電車に揺られ、さらに最寄《もよ》りの駅から車で四時間も走らねばたどり着けない不動村は、弟には異国の地のように感じられたに違いなく、東京ではまずお目にかかれないこの旧《ふる》くて広い、しかも日中でも薄暗い屋敷は、不気味以外のなにものでもないだろう。

通夜の席で祖父の遺体を見ては、震え上がって泣きじゃくり、葬儀の間も不機嫌そうに顔をしかめ、早く帰りたい、気持ち悪い、怖いとしか言わなかった。

しかし、それも仕方ないのかもしれない。慎也はまだ小学生で、雪宥にとっては、本当の父が亡くなるまでは毎年里帰りし、それ以降は里帰りはできないまでも、手紙のやりとりをしたり電話で話したりして親しくしていた祖父であっても、慎也にすれば見知らぬおじいさんでしかないのだから。

それより、慎也をなだめる両親の、「我慢しなさい。これがすんだら、大金持ちになれるんだから」という言葉が、雪宥の胸には鋭く突き刺さっている。

祖父の死を悼む気がないのなら、べつに雪宥一人で来たってよかったのだ。雪宥はもう二十歳《はたち》だし、運転免許も持っており、カーナビの指示に従ってレンタカーを走らせるくらいなら、義父に頼らずともできる。

そもそも、喪主は雪宥だった。彼ら三人は祖父とは血のつながりがなく、苗字も違う。十一年前に再婚した母は新しい父の苗字である西川《にしかわ》姓を名乗り、雪宥は養子縁組をせずに土岐姓のままで残された。

土岐姓を名乗ることを強く勧めたのは、祖父ではなく、母と義父である。

『雪宥は直系で、いずれは土岐家のすべてを継ぐんだから当然よ。苗字が違っても親子であることに変わりはないわ』

と母は言い、

『苗字くらい、たいしたことじゃない。俺たちは家族になったんだ。俺のことはお父さんと呼んでくれ』

と義父は言った。

雪宥自身は土岐姓のままでいたかったのでよかったけれど、母親の姓が変わってしまったことには、少なからずショックを受けたものだ。西川という表札のかかった家に、ただいまと言って帰る違和感は、今でもある。

隠してはいたが、どうして再婚なんかしたんだという、母と義父への不満は雪宥のなかに溜《た》まって消えず、どこかぎくしゃくした日常のなかで弟が生まれると、雪宥は家族から完全に浮いていた。

「決めてくれたかしら？」

雪宥の前に茶を出してくれながら、母が期待のこもった声で訊《き》いた。

「そんな簡単に言わないでよ。俺はまだ二十歳で、大学もある。この家に住んでアマツユリの栽培をつづけるかどうかなんて、すぐには決められないよ」

雪宥は母の顔を見ずに言った。

土岐家の財産を相続できるのは、直系男子のみ。しかも、この家に住み、アマツユリの栽培をつづけることが条件である、というのが祖父の遺言であった。

土岐家は千年も前からアマツユリを植え、育て、屋敷の裏手にそびえる不動山《ふどうさん》の天狗を祀《まつ》った祠《ほこら》に供物として供えてきた。

後継者はそのしきたりをも、受け継がなくてはならないのである。

遺産の総額は十億円を軽く超えており、その莫大な遺産欲しさに、両親は雪宥に後継者になってほしいと考えているのだ。

その条件が履行されない場合、後継の資格なしとして遺産はすべて不動村に寄付し、村民で分配すること、と遺言状には書かれている。

驚いた両親が知り合いの弁護士に相談してみたところ、村に戻らず花の栽培を放棄すると言えば、遺産は村のものになるが、雪宥には遺留分があるから、半分は取り戻せるだろうと言われたらしい。

半分なんか冗談じゃない、と気色ばんだのは両親だった。

「お母さんたちもね、あんたをこの家に一人で残して住まわせようなんて思ってないのよ。あんたの本当のお父さんだって、ここに帰るつもりはなかったと思うし。こんなところで一生過ごすなんていやだから、大学進学を機に村を出て上京したって言ってたもの。だからって、遺産をそっくり村の人たちに渡すのは癪《しやく》じゃない。半分だって、納得できないわよ。あれは本来、全部私たちのものなんだから」

母に言いたいことは山のようにあったが、言っても口論になるだけなのでぐっと堪《こら》える。

「なにか、いい方法でも思いついた？」

「ええ。考えてみたんだけど、一度相続しておいて、ここに住むふり、花を栽培するふりをしてみたらどうかしら？　アマツユリは世話が難しいっていうし、たとえ本気で引き継いでも、おじいさんみたいに上手に咲かせる自信は、雪宥にもないんじゃない？　頑張ったけど駄目でしたって言えば、村の人たちも怒れないはずよ。一応、努力してるわけだから」

「住むふり栽培するふりって、ふりをするのでも、こっちにいないといけないじゃないか。大学はどうするんだよ」

「……休学という手もあると思うの。もちろん、いやだと思う気持ちはわかるわ。せっかくみんなに自慢できる、いい大学に入ったんだもの。でも、十億を超えるようなお金は、サラリーマンが一生働いたって稼げる金額じゃないでしょう。一年だけ休学して十億を稼ぐ仕事をすると思えば……」

雪宥の表情が険しくなるにつれ、母の声も小さくなっていく。

「そんな顔をするな、雪宥。お母さんはお前のためを思って言ってるんだぞ。大学生のお前にはまだわからないかもしれないが、たった一年間の休学なんて、長い人生のなかではほんのわずかなことなんだ。大人になって、金のありがたみがわかるようになったら、俺たちの言うとおりにしておいてよかったと感謝することになる。人生の先輩である両親の言うことは聞いておくもんだ」

恩着せがましい言い方をしてはばからない義父は、五年前、それまで勤めていた会社を辞めて、有機食品の通信販売を行う会社を設立した。

その運営がうまくいっていないことを、雪宥は知っている。

会社設立にあたり事務所と倉庫を造るため、自宅を改築したときのローンの返済にも困り、母が泣きついて援助を乞《こ》うたのは雪宥の祖父だった。

大学に進学する雪宥のためだと言われれば、祖父は断らない。そして、会社の業績悪化は止まらず、雪宥が私立大学へ四年間通う以上の金額を、この三年の間に雪宥が知っているだけでも四回は無心していた。

土岐家に莫大な財産があることは、死んだ雪宥の父から聞いて知っていたらしいが、今回葬儀に来てその金額をはっきり確認してからの両親は、目の色が変わってしまっている。

「村の人の目は節穴じゃない。そんなことで騙《だま》されたりするもんか」

雪宥は冷ややかに言った。

もろもろの条件は祖父の遺言という形を取ってはいるが、実際は先祖代々踏襲してきた土岐家と不動村との密約のようなもので、後継者が二十歳の大学生と知った村長と村側の弁護士は、遺言がきちんと守られるのかどうか、かなり懐疑的になっている。

村人たちが様子を探りに来るのは間違いなく、雪宥が球根の扱い方も知らない後継者であることは、誰《だれ》の目にもじきに明らかになるだろう。

「一年だけでも実際にここに住めば、騙したことにはならないさ」

「私もそう思うわ。適当に雑草を抜いたりして、花畑にいるところを見せておくの。頑張ってるなって思ってもらえるように。土弄《つちいじ》りなんてしたことのない男の子なんだもの、慣れてないのは当然よ」

義父の援護を受けて、母が元気を取り戻した。

どうせ一年暮らすなら、雪宥はアマツユリを本気で咲かせたいと思う。

神々しいほどの気品を湛《たた》えたあの花は、不動村でしか咲かない。村人が何度か持ちだし、雪宥の父親も、東京で栽培できるかどうか試してみたらしいが、村を出た途端に花は枯れ、球根は腐ったという。

そんな気難しい花を、手のかかる子ほど可愛いと言って祖父は愛《め》でた。アマツユリを心配するあまり、旅行にすら行かず、花だけに捧《ささ》げた人生だった。

栽培を引き継ぐことは、祖父の思いを受け継ぐことだ。土岐家の直系として、正しいことのようにも思う。もし咲かせることに成功したら、雪宥のほうがこの地から離れがたくなっているかもしれない。

とはいえ、大学を中退し、村から一歩も出ずにアマツユリとのみ向き合う生活は、都会育ちの二十歳の若者にとって、即座に飛びつきたくなるほど魅力的でないのは確かだ。

それに、雪宥が花作りを引き継ぐと言えば、両親の思う壺《つぼ》である。

土岐家のものには手を出せないが、雪宥のものなら奪い取れる。そう考えているから、彼らは雪宥に遺産を相続させようとしているのだ。

両親にとって都合のいい駒には、断じてなりたくない。両親に利用されるくらいなら、遺産などいらない。散々蔑《ないがし》ろにされてきた経験が、雪宥にそう思わせた。

「なんか、すごい話だよね。お葬式のあとは毎日毎日、偽装工作の相談なんてさ。おじいちゃんがあの世で怒ってるよ」

皮肉たっぷりな口調で雪宥が言うと、義父はばつの悪そうな顔をしたが、母は平然と言い返した。

「怒ったりしないわよ。こういう話になるのは、想像できたと思うわ。直系は雪宥しかいないっておじいさんはわかってたんだし、どうしても引き継いでほしければ、生きてる間にそう言ってたでしょう」

「こんな山奥の村で、平安時代からつづいてるっていうしきたりを孫に継いでくれとは、言いにくかったんじゃない？　息子《むすこ》である父さんは、いやがって村を出てしまったんだし」

「だからね、おじいさんはそれで諦めがついてたと思うのよ。千年の伝統があったって、時代は変わっていく。こんな過疎の村で花作りに専念するなんて、不可能だってこと」

「それをわかってて、あの遺言しか残さなかったのなら、おじいちゃんは土岐家の財産を村人たちで分配することに納得してたってことだよ。偽装工作してそれを曲げたら、やっぱり怒ると思うけど」

「馬鹿なこと言わないでよ！　あんたは土岐家の直系なの。土岐家に代々伝わるものをもらう権利があるのよ」

「だからそれは、しきたりを守ってこその権利じゃないかって言ってるんだ。義務を放棄して、権利だけを主張する都合のいい人間にはなりたくない」

　雪宥は明らかに両親を当《あ》て擦《こす》って言ったのだが、両親には伝わらなかったようで、二人揃《そろ》ってやれやれと肩を竦《すく》めた。

「お前のその考えは立派だ。俺もそう思う。だけどな、それはお互いが公正な場に立っていて初めて成り立つ理論なんだ。この村はおかしい。どうして土岐家が損するばかりの遺言を残さないといけないのか、村長に訊いても、昔からのしきたりだからとしか答えない。そんな理不尽な話があるか。怒るというより、俺は呆《あき》れたよ」

「まったくだわ。昨日はちゃっかり弁護士まで連れてきて、遺産はもう村のものだと言わんばかりだったじゃない。葬儀の翌日にする話かしら？　お金のことしか考えてないのが、よくわかったわ。向こうがそのつもりなら、こっちだって負けないわ。絶対に、ビタ一文だってあげないんだから」

憎々しげに言い、頷《うなず》き合った両親は、その顔を雪宥に向けた。

「それにはお前の協力が不可欠なんだよ。わかってくれるよな？」

「ねぇ、雪宥。一年だけ我慢してよ。うちにはお金が必要なの。お父さんの会社が大変なことくらい知ってるでしょう？　あんたの大学の授業料だって払わないといけないし」

雪宥は顔をしかめた。

「俺の大学の授業料はおじいちゃんが生きてるときに、四回ももらってたじゃないか。学費だけじゃないよ。いろいろ理由をつけて、今までおじいちゃんに援助してもらったお金は三千万円はくだらないよね。俺が知らないとでも思ってるの？　俺のためじゃなかったら、おじいちゃんは出してくれなかったと思うよ」

カッと顔を赤くした母は、気まずさを怒りで押し隠そうとした。

「冷たい子ね！　俺がいたから援助してもらえた、なんて言い方をされると不愉快だわ」

目を三角にして、実の息子を睨みつける母の顔は、年齢よりもかなり若く美しい。雪宥をダシにして祖父から巻き上げた金で、高級エステに通っているからだ。

雪宥の名を出せば祖父が断らないと知っているので、節約など考えもしない。

母にそっくりな自分の顔が、雪宥は疎ましかった。整っていると人からは褒められるけれど、男らしい精悍《せいかん》さというものがない。

「ふゆかい、ふゆかいー！」

父親似の弟が母の口真似《くちまね》をした。堂々巡りの会話に飽きてきたのか、先ほどから行儀悪く、ドンドンと足で畳を踏み鳴らし、早くここを出ていきたいと訴えている。

複雑な家族の関係は、慎也にも隠さず話してあった。お兄ちゃんと呼んでいる雪宥の苗字だけが違うのだから、隠したくても隠しておけなかった。

「不愉快なのは俺のほうだよ。協力しろだの我慢しろだの勝手なことばっかり言ってさ。おじいちゃんが遺《のこ》したものは、俺が相続するもので、西川の家のものじゃないと思うけど」

黙っていられず、雪宥がついにそう言った途端、母と義父は腰を浮かし、今にも雪宥に摑みかからんばかりの勢いで睨みつけ、叫んだ。

「なにが西川の家よ！　姓が違うだけで、私たちは家族でしょ！　少なくとも、私はあんたを産んだ母親よ。母親を助けようって気持ちはないわけ？　この親不孝者！」

「お前がそんなひねくれた考え方をしていたなんて、思いもしなかったぞ。俺はお前を我が子だと思って接してきたつもりだ。なにが不満なんだ！」

二人から責められてたじろいだ雪宥は、立ち上がって座敷から逃げようとした。

「待ちなさい、まだ話は終わってないのよ！」

「そうだ、逃げたって解決にはならない。こっちに戻ってきなさい。こうなったら、とことん話し合おうじゃないか。姓が違うことが、やっぱり気になってたのか？　それなら、今からだって養子縁組をしてもいいんだぞ」

　雪宥は目を剝《む》いた。

　養子となって西川姓を名乗っても、土岐家の遺産は相続できる。それは、再婚にあたって、母が調べ上げたことだ。

　それでも養子縁組をしなかったのは、土岐家の跡取り息子はここにいますよ、という生前の祖父に対するアピールだったに違いない。孫を嫁の再婚相手に奪われ、失ったと思った祖父が、孫以外の者に遺産を分け与えることがないように。

　祖父が亡くなり、遺産を相続できそうになった途端に養子縁組するなんて、莫大な財産の分け前になんとかして自分もありつきたいと考えているとしか思えなかった。

「冗談じゃない！　俺は土岐のままがいい。俺はおじいちゃんの孫で、死んだ父さんの息子なんだから！」

「雪宥！　なんてこと言うの、ちょっと待ちなさい、雪宥！」

　引き留める母の金切り声を背に受けながら、雪宥は旧家の長い廊下を走って玄関へ向かい、スニーカーを履いた。

待ちなさいと言ったものの、母は外まで追いかけては来なかった。飛びだしたところで、どこにも行き場などないのがわかっているからだろう。

屋敷の外に出ると、アマツユリの仄《ほの》かな芳香が雪宥の身体を包んだ。母と義父は匂いがきつすぎて眩暈《めまい》がしそうだと言い、弟は気分が悪くなると言う。

雪宥にとっては、甘いなかにもどこか爽《さわ》やかなものが混じったいい匂いである。眩暈がするほど強い匂いだとも感じない。

雪宥は庭に行き、無数に咲く深紅の花びらが風に揺れるさまを見ては、苛立《いらだ》った心を落ち着かせた。

あんなことを言うつもりじゃなかったのに、あの人たちがあまりに欲の皮が張ったことを言うから我慢できなかった。

都合のいいときだけ、家族を強調されても困るのだ。お父さんと呼ばされていても、養子縁組をしていないのだから、実際には赤の他人である。

弟が生まれたとき、学校から帰ってきた雪宥はたまたま、義父が弟を抱き上げて「お前は西川家待望の長男だ。俺の本当の息子だ」と喜んではしゃぐ姿と、満足そうにそれを見ている母を目にしてしまった。雪宥がいないと思って、本音が出たのだろう。

円満な家族関係が築けないのは、雪宥だけの責任ではないはずだ。

屋敷に帰りたくない雪宥は、アマツユリをじっくりと見てまわった。

土岐家の敷地は広く、そのほとんどがアマツユリの栽培に使用され、それ以外の花は一輪もなかった。近くで見るのも美しいが、不動山に登ると、まるで一面に紅い絨毯《じゅうたん》を敷いたようなゴージャスな光景が見下ろせる。

「久しぶりに山に登ってみようかな」

時間をつぶすために、雪宥は屋敷の裏手を抜けて不動山へと入っていこうとし、ふと思いついて引き返し、アマツユリを一本手折った。

なぜそんなことをしたのかわからない。ただ、そうしなければいけないような気がしたのだった。

不動山は標高の高い山だが、辺鄙《へんぴ》な場所が災いしてか、登山客などは見たことがなかった。村の人もそんなに登らないようで、登山道といったものもない。

だが、雪宥は初めて入山した者にはわかりづらい、うっすらとついている道を、迷いもなく登り始めた。

この上には、祖父が毎年アマツユリを供えている天狗を祀った祠があり、祠までなら、祖父について何度か登ったことがあった。スギやブナ、クロベなど、樹木が茂って昼間でも薄暗い山中を一時間ほど登ると、不意に草の一本も生えていない円形の平地が現れる。

祖父は「天狗の遊び場」と呼んでおり、ここから麓《ふもと》に群生するアマツユリを見下ろした光景は、素晴らしいの一言に尽きた。祠はさらに、その上にある。

父が死ぬ前は母と三人で里帰りをしていたが、雪宥だけが祖父に連れられて登り、両親が山に入ったことは一度もなかった。

父はたしかに、ここに戻ってくるつもりはなかったのだろうと思う。

不動村の人たちは死んだ祖父と似たり寄ったりのお年寄りばかりで、ほとんどが自給自足生活を送り、村で採れない食料や生活雑貨は、月に一回近くの町から来てくれる業者から定価より高値で買っている。

病気になっても駆けこむ医者もおらず、携帯電話の電波さえ届かない、現代社会とは隔離されたかのような土地だ。

なかでも、不動山の麓にある土岐家は村の一番奥地に位置する。村には住む人を失った廃屋や、雑草の茂る荒れた田畑が無数に放置されていた。

誰が見ても、この村には未来がない。だが、村を捨てるということは、千年のしきたりとともにアマツユリを捨てるということだ。

父にためらいはなかったのだろうか。

東京で栽培しようと試みたことはあったというから、まったく気にしていなかったわけではないようだが、花が育たないのではどうしようもない。

「なんで育たないんだろう……」

手に持った花を揺らして、雪宥はひとりごちた。

アマツユリは主幹から四叉《また》に分かれ、一本の茎に四輪の花が、それも上向きに咲くので非常に華やかだ。深紅の色合いと相俟《あいま》って、野生的な力強さを感じさせるのに、不動村から持ちだすと枯れてしまう繊細さを持つ。

祖父の人生は、この花とともにあった。これが自分の役目だと言い、咲いたことを喜び、咲かせることを楽しんでいた。

棺《ひつぎ》に納まった祖父の顔が目に浮かんで、雪宥は涙ぐんだ。長く会っていなかったから当然とはいえ、記憶にあるよりもずっと年を取っていて、小さく見えた。

「おじいちゃん、ごめんね」

謝らずにはいられなかった。

屋敷のなかでは金の話ばかりで、静かに手を合わせて涙を流す余裕すらない。安らかに眠ってくださいなんて、言うに言えない状況である。

決して溶け合えない異分子のように、西川の家で浮き上がり、あるいは沈みこんでいた雪宥の心の慰めは、祖父との交流だけだった。

祖父に手紙を書いたり、電話をかけたりすることを、母も喜んでいた。雪宥が祖父に懐《なつ》き、祖父が雪宥を可愛がれば可愛がるほど、金の無心をしやすくなるからだ。

新しく通わせることにした塾の月謝が高くて困っていると嘆いてみせ、中学の部活動でテニス部に入れば、ラケットやユニフォーム代がかさんで困ると愚痴を零す。

母が述べたてる理由は多岐に亘《わた》り、雪宥の生活費は祖父からの送金で賄われていたのではないかと思うほどだった。

そのうち、雪宥は祖父に対して心苦しくなってしまい、連絡を取るのをやめた。手紙も書かず、電話もしなかった。祖父から送られてきたアマツユリの写真だけを心の支えにし、孤独を選んだ。

おじいさんが寂しがっているわよ、薄情な子ね、と母はせっついていたが、やがて、無精な孫の近況を報告するという、非の打ちどころがない素晴らしい名目を見つけだした。

高校まで、雪宥はつねに母に監視されていた。大学に入ると少しはましになり、アルバイトをして貯《た》めた金で、携帯電話を買うことも許してもらえた。

母は不満そうだったが、さすがに大学生に向かって携帯電話は不要です、とは言えなかったようだ。

母の盗み聞きを気にせず、ゆっくりと祖父と話ができるようになったのは、本当に嬉《うれ》しかった。無精にならざるを得なかったことを説明して詫《わ》び、母の非礼も詫びて、度重なる援助に礼を言うと、全部わかっているから、なにも気にすることはないと祖父は笑ってくれた。

遺産相続問題で連日両親とぶつかっていながら、雪宥は祖父の死を今ひとつ実感しきれていない。

思い返せば、父が亡くなったときもそうだった。

もうこの世にいないのだ、二度と会うことは叶《かな》わないのだと頭ではわかっているのに、心の深い部分に到達するまで時間がかかる。

電話をかけても、つながらない。毎年途切れたことのないアマツユリの写真が、もう届かない。

日常生活に戻ったときから、死というものは少しずつ少しずつ、雪宥のなかに重く降り積もっていくのだろう。

祖父が雪宥に、アマツユリの栽培を強要したことは一度もなかった。継がなければどうなるかということさえ、言わなかった。

もしかすると、祖父は自分の代で、千年のしきたりを終わらせる覚悟を決めていたのかもしれないと思う。

「毎年アマツユリを天狗の祠にお供えするしきたりって、いったいどんな意味があったんだろう。それくらいは訊いておけばよかった」

ぼやきながら山道を登っていた雪宥は、足の疲れ具合から、すでに一時間は歩いているような気がして、ふと腕時計を見た。

「あれ、止まってる。こんなときに電池切れなんて、ついてない……」

時計の針は、三時十五分で停止している。花を折ったときには動いていて、たしか三時過ぎだったから、止まったのは山に入ってすぐだろう。

時間がわからないのは不便だが、雪宥は気にせず、山を登りつづけた。

「もしかして、俺、迷った……？」

そんな言葉が漏れたのは、それから二、三十分も歩いたときだった。歩いても歩いても、いっこうに「天狗の遊び場」に到達しない。

日が落ちてきたのか、森はさらに暗くなっている。明かりを持っていないので、真っ暗になってしまえば、来た道を帰ることも難しいだろう。

だが、雪宥は不思議と怖いと思わなかった。六月は山で一夜を過ごしても、凍死するほど寒くはない。
五、六歳のころにも一度、一人で入って迷ってしまったことがあったが、そのときは偶然、村の青年が雪宥を見つけてくれた。
優しくて背の高いハンサムな青年だった。洋服ではなく、黒い生地に紅い花を染めた着物を着ていたのが珍しく、その紅い花はアマツユリにそっくりだった。

青年はおそらく、雪宥を家まで送り届けてくれたのだと思う。真っ黒い長めの髪や、切れ長の瞳、スッと通った鼻筋など、青年の端整な顔立ちや、色鮮やかな着物の柄は覚えているのだが、それ以外のことは記憶にない。

遺産のゴタゴタで、青年のことなど今の今まですっかり忘れていたけれど、彼が今でもこの村に住んでいるなら、会ってみたいと思う。

会って、土岐家のことを話して相談に乗ってほしかった。村人たちは、土岐家最後の子孫にどうしてもらいたいと考えているのか、意見を聞いてみたい。

「でも、もう村を出ちゃってるかもなぁ。あの人、死んだ父さんより若いもん」

雪宥は首を傾《かし》げて呟いた。

祖父の葬儀のときには、どう若く見積もっても四十代以下の人は弔問には訪れなかったし、青年が来てくれたなら、雪宥はすぐにでも彼のことを思い出したはずだ。

若い人はやはり、村には居着かない。あるいは、青年はその当時からすでに外に出ていて、雪宥たちと同様里帰りをしていただけかもしれない。

そんなことを考えながら山のなかを歩いていた雪宥は、木々の向こうにちらちら光る明かりを見つけて、目を瞬かせた。

この山に人は住んでいない。祠に花を供えるのも、土岐家の者だけだ。

子どものころに祖父と連れ立って登ったときでさえ、雪宥は村人とすれ違ったことはなかった。着物を着た青年は、唯一の例外である。

雪宥は木に隠れるようにして、明かりのほうへと近づいた。

誰がなにをしているのか興味があったし、もし村人なら、下山する道を教えてもらいたかった。

だが、村人の可能性は低く、夜の山中で集う者たちが真っ当な人間である保証はない。

警戒を怠らず、足音もたてないように気をつけながら、白っぽい服を着た人影が視認できる位置まで寄り、茫然《ぼうぜん》と立ち尽くす。

雪宥の眼前に、信じられない光景が広がっていた。

そこにいたのは、人間ではなかった。

白っぽい服は山伏のような衣装で、数は三人。人間によく似ているが、背中に漆黒の翼が生えている。

天狗だ、と雪宥は思った。

それ以外に彼らの正体を言い表すものがない。不動山にあるのは天狗を祀ってある祠だし、天狗にまつわる言い伝えが不動村には多くある。

親の言うことを聞かない悪い子は、御山から天狗が下りてきて仕置きをするとか、不動山で大声を出して騒ぐと、怒った天狗に知らない場所まで運ばれ、置き去りにされるとか、そういう類《たぐい》のことだ。

しかし、実際に天狗に遭遇した者はいない。少なくとも雪宥は知らないし、祖父からも聞いたことがなかった。

明かりは松明《たいまつ》などではなく、空中に浮かぶ鬼火のようで、ふわふわと天狗たちの周りを漂っている。

美しいが、恐ろしい。天狗も鬼火も、この世のものではありえない。

雪宥はカタカタと自分の歯が鳴る音で、我に返った。

歯どころか、全身が恐怖で震え、足が動かない。それまで手に握っていたアマツユリが、地面に落ちる。

音などしなかったのに、三人の天狗がいっせいに雪宥のほうを向いた。

「……！」

雪宥は息を呑んだ。見つかってしまったのだ。

背にたたまれていた翼が広げられ、一度の羽ばたきで距離が縮まる。

「珍しいな。人間が迷いこんだのか」

「甘い甘い、鼻が蕩《とろ》けそうな匂いがする」

「神気が高い。これは極上の獲物だな」

獲物という言葉でようやく四肢に力が戻った雪宥は、天狗たちに背を向けると、一目散に駆けだした。

2

雪宥は温かい布団のなかに包まっていた。

自分のベッドとは違う、祖父の家の客用布団でもない、嗅《か》いだことのない匂いと、柔らかい肌触り。

俺はどうしたんだっけ、と思ったときに、目が覚めた。

祖父の葬儀で十四年ぶりに里帰りし、遺産相続のことで両親と喧嘩《けんか》をした。時間つぶしに入った不動山で迷い、そして――。

「……天狗っ！」

かけ布団をはねのける勢いで起き上がった雪宥は、眩暈を起こしてふらついた。

「急に起き上がるな」

低い声が聞こえたのと、横に倒れかけた上体がなにかに支えられたのは同時だった。

雪宥は瞬《まばた》きを繰り返し、傍らに膝《ひざ》をついて雪宥の背に腕をまわしている男を見つめた。

彼には見覚えがある。子どものころ、山で迷った雪宥を助けてくれた着物の青年だ。

さっきはたしか、剛籟坊と呼ばれており、背には白い翼があったはずだが、今は見当たらない。天狗だと思ったのは、間違いだったのだろうか。

雪宥の思考を読んだかのように、男が言った。

「残念ながら天狗だ。俺は不動山の剛籟坊。翼は必要なとき以外は出さない。あんな大きなものが背中にずっとあったら、邪魔で仕方がないからな」

呆気《あっけ》に取られて、雪宥は返事もできなかった。

そんな現実的な言い方をされると、天狗だと断言されたにもかかわらず、いっそう懐疑的な眼差《まなざ》しを向けてしまう。篠懸《すずかけ》に括袴《くくりばかま》という恰好は見慣れないものだが、山伏の衣装くらい、手に入れようと思えば入れられるだろう。

翼はしまっていると主張する天狗は、雪宥の瞳《ひとみ》を覗《のぞ》きこんだ。

「信じられないのか？　あいつらに襲われたとき、俺が抱えて空まで飛び上ったら、お前は気絶した。覚えているだろう」

「……」

ぶるっと震え、雪宥は頷く仕種《しぐさ》で応《こた》えた。

そうだった。黒い翼の天狗が何人もいて、雪宥は彼らに襲われかけたのだ。山中を逃げまわったときの恐怖がよみがえってくる。

天狗を祀《まつ》っている祠にアマツユリを供える習わしに、疑問を感じたことはないが、天狗という生き物が存在するなどとは思わなかった。もし、いたとしても、それは神のような存在で、人間と直接触れ合うことなど、ありえないと考えていた。

剛籟坊はともかく、逃げる雪宥をいたぶった天狗たちは、神などではない。獲物を追いつめる動作は野生の獣も同然で、怪物というにふさわしい。

特別ななにかをしたわけでもないのに、現実とあやかしの世界とは、こんなにも簡単に交わるものなのだろうか。

慄《おのの》いて俯《うつむ》いた雪宥の頭を、大きな手がなだめるように撫《な》でた。

「不動山には結界が張ってある。普通の人間は入ってこられないし、天狗に会うこともない。天狗のほうは人間界へよく出るが、人間に姿を見せることはほとんどない」

「それじゃ、ここは天狗の世界なんですか?」

思わず見上げて訊いた雪宥に、剛籟坊は薄く微笑《ほほえ》んだ。

「ようやくしゃべったな」

「……あ、ごめんなさい。助けてもらったのにお礼も言わなくて……。ありがとうございました」

雪宥はどぎまぎと頭を下げた。

初めて会ったのは十年以上も前のことなのに、剛籟坊は年を取るどころか、まったく変わっていない。長めの髪も、切れ長の涼しい瞳も、低い声も、優しい笑みも。

背中に当てられた手や、触れ合っているところは温かい。彼は本当に天狗かもしれないが、恐ろしいとは思わなかった。

「べつに礼などいらん。俺は、己がすべきことをしただけだ」

ここが安全な場所であることに安心した雪宥は、己が白い浴衣《ゆかた》を着ていることに気がついた。

布団の横には、土がついて汚れたジーンズと長袖《ながそで》の綿シャツがたたまれている。まさか、剛籟坊が着替えさせてくれたのだろうか。

「あの、剛籟坊、さん……」

言いにくそうに名を呼んだ雪宥の背を、剛籟坊がぽんと叩《たた》いた。

「剛籟坊でいい」

「この浴衣は、あなたが?」

「泥だらけのなりでは布団に入れられん。お前は気を失ったまま、よく眠っていた。よほど驚いたのか、疲れ果てていたのか。気分はどうだ」

「……もう大丈夫です。すみません、ご面倒をおかけして」

服を脱がされ、浴衣を着つけられても目が覚めなかったとは、自分でも驚きだった。

そこまで手間をかけさせてしまったことが申し訳なくてうなだれると、気にするなと言いたげに、剛籟坊がまた頭を撫でてくれた。もう片方の手は背中に当てられたままだ。

なんだか照れくさくなり、泥だらけと言われた衣服の上に置いてある腕時計に手を伸ばした。針は昨日、確認したときと同じ三時十五分で止まっている。

「こちらに来ると、人間界の時計は役に立たない」

剛籟坊が意外なことを言った。

「え、それじゃ、電池が切れたわけじゃないんですね」

「ああ。結界を越えたときに止まったはずだ。ここは本来、人間が入りこめる場所ではないからな。だが、土岐家の血筋の者やアマツユリを持っている者は、ときどき結界を越えてしまうことがある。雪宥は土岐の直系だから、越えやすいのかもしれないな」

剛籟坊は雪宥が名乗っていない名前や家のことを、当然のように知っていた。それでは、雪宥が雪宥だとわかったうえで、助けてくれたのだ。

幼稚園児が二十歳の大学生に成長していて、面差しも違っているだろうに、よくわかったなと思う。

「そういえば俺、アマツユリを持って山に入りました。逃げるときに、落としてしまったんですけど」

「……祠に供えるためのものか？」

「え……いいえ、そういうつもりじゃなかったから、一本しか摘んでなかったんです」

言いわけをするように答えながら、今年はアマツユリを供えていなかったことに、雪宥はようやく気がついた。

一人暮らしの祖父は風邪《かぜ》をこじらせて寝こみ、そのまま快復することなく亡くなった。

病人が山を登れるわけもなく、今が満開の花は、祖父が寝こんだときにはちょうど咲き始めのころで、供物として捧げるにはまだ開花具合が少し早かったはずだ。

それが礼儀だと言って、祖父は必ず、とびきり美しい花ばかりを選んでいた。

よく考えればわかることなのに、雪宥たちは葬儀や遺産相続の件で混乱し、土岐家がずっと守ってきた大事なしきたりを忘れていたのだった。来年からはどうするか、どころの話ではない。

「もしかして、アマツユリを供え忘れたから、あの天狗たちは怒ってたんでしょうか」

「それは関係ない。あいつらはアマツユリを必要としないからな」

雪宥は思わず、剛籟坊を見上げた。あいつらは必要でない、ということは、必要とする天狗がいるのだ。

祠に供えるものかどうか、わざわざ訊くくらいなのだから、その天狗はおそらく剛籟坊なのだろう。

ずっと待っていたのだとしたら、申し訳ないことをしてしまった。

「俺、今から村に戻って、アマツユリを摘んできます」

「いや、それではもう遅い」

「でも、昨日までは綺麗に咲いていたから、まだ大丈夫だと思います」

「遅いんだ、雪宥」

議論の余地なく繰り返されて、雪宥はぐっと顎《あご》を引いた。

彼岸会のように、花を供えるにふさわしい日があって、その日は過ぎてしまったのかもしれない。

自分は本当になにも知らず、至らない。剛籟坊には迷惑ばかりかけている。

「そう、ですか……。あなたには二度も助けてもらったのに、本当にごめんなさい」

雪宥が謝ると、剛籟坊は驚いて黒い瞳を見開いた。

「二度？　まさかお前、十四年前の記憶があるのか？」

「なんとなくですけど。あなたの顔が全然変わってないから、すぐにわかりました」

「ほかに覚えていることは？」

真剣な顔で見据えられて、雪宥は慌てた。

「えっと、あなたはたしか、紅い花の模様が入った黒い着物を着てました。アマツユリに似てる花の柄だったたから印象的で」

しゃべりながら思い出そうと懸命に頭を捻《ひね》ってみても、それ以外の記憶はよみがえってこない。

助けた少年に、なんとなくしか覚えていないと言われたら、剛籟坊は気を悪くするだろう。

おまけに、山に入って迷うまで、思い出しもしなかったと知れば。

しかし、焦った頭に浮かんでくることなど、なにもない。

目を泳がせて困り果てる雪宥の頭を、剛籟坊がくしゃりと掻《か》き混ぜた。

「もういい。覚えていなくても、仕方がない」

柔らかいけれど、心なしかがっかりしているような声に罪悪感を覚え、雪宥はまた謝った。

「ごめんなさい」

「お前のせいではないから、気にするな。結界を越えると記憶は曖昧《あいまい》になる」

剛籟坊は雪宥から離れ、障子を開けた。

縁側の向こうには、見事な日本庭園が広がっている。

雪宥はもそもそと起きだし、剛籟坊の足元に座って、豪華な緑の庭に見入った。夕日に照らされた池の水面が、宝石でも散りばめたように輝いている。

土岐家の庭も相当広いが、ここはそれ以上だ。不動山の山中にこんな場所があるわけはないから、やはり天狗の世界なのだなと思う。

まるで、夢でも見ているようだ。

いや、本当に夢ではないだろうか。祖父が亡くなったというのに、遺産のことしか考えない家族と喧嘩をして、いたたまれなくなった雪宥が逃げこんだ、現実にはありえない夢のなか。

そう考えたほうが、しっくりくる。

「これはきっと夢、ですよね？」

剛籟坊を見上げて、雪宥は小声で訊いた。

そうだ、と剛籟坊が頷いたら、この美しい世界が砂のように崩れて、雪宥の目が覚める。現実に立ち戻るのは気が重いけれど、夢は必ず覚めるものだ。

「違う。夢だと思いたい気持ちはわかるがな。十四年前に初めて会ったときも、お前はこちらに迷いこんでいた」

はっきりとした返事は、雪宥に逃げ場を与えてくれない。

雪宥は落胆したが、恐慌状態には陥らなかった。これが二度目というのなら、以前と同じように、もとの世界に帰ることができるはずだ。

「土岐の者は結界を越えやすいって言ってたけど、どうしてですか?」

「祠に供えるアマツユリを咲かせられる、唯一の一族だからだ。あの花を咲かせるには、不動村に住む、土岐の者の手でなければならない。千年前にそう定められ、土地や血筋が変われば、枯れてしまう」

「不動村を出たら花は枯れ、球根は腐るという話は聞いたことがあります。俺は土岐家最後の直系子孫です。父は十三年前に、祖父も先日亡くなったので、俺しかいません。俺は東京で大学に通ってて、村に帰るつもりはありませんでした。アマツユリが枯れると、なにか問題があるんでしょうか」

「……」

剛籟坊は深いため息をついて、答えなかった。

そのため息が、なによりの返事である。雪宥は馬鹿なことを訊いた自分が恥ずかしくなった。

問題があるからこそ、千年もの間つづいてきたのだ。その長い間には戦争を含め、さまざまな障害が立ちふさがったに違いないが、土岐一族はなんとか乗り越えて、アマツユリを咲かせつづけてきた。

そうしなければならない理由も、先祖代々語り継がれていたのかもしれない。

千年のしきたりは、ゆめゆめ軽んじてはならないものだったのだ。もっと祖父と密に話し合うとか、土岐家に残る資料を探すとか、後継者としてなすべき義務が、雪宥にはあったのではないだろうか。

「俺はいったい、どうしたら……」

鳥の鳴き声や、そよめく風が枝葉を揺らす音を聞きながら、雪宥は途方に暮れた。

自分のすべきことが、わからなかった。村に戻るか、村を捨てるか。どちらを選んでも、失うものが大きすぎる。

それに、もう遅いと言われてしまった今年の花は、どうすればいいのだろう。花を咲かせても、祠に供えなければ意味がないのだとしたら、しきたりは今年ですでに終わってしまっている。

「時代は進み、村は寂れていく。それを止めることなど、誰にもできない。いつかこんなときが来るのはわかっていた。お前のせいではない」

剛籟坊はそう言ったが、しきたりを守れなかった疾《やま》しさを抱える雪宥には、責められているように聞こえてしまう。

雪宥は慣れない浴衣の裾《すそ》を気にしながら立ち上がった。

昨日、走りすぎたせいか、全身が筋肉痛で痛んだ。空腹感も少しある。この身体でまた山道を下りるのはつらそうだが、いつまでもここに滞在しているわけにはいかない。

庭から見える夕日が沈みつつあるということは、丸一日は天狗の世界にいたことになる。

昨日は、誰にもなにも言わずに山に入ってきてしまった。飛びだしたきり戻ってこない息子を、やきもきしながら待っている両親の顔が目に見えるようだ。

莫大な遺産を受け取れるかどうかは、雪宥にかかっているのだから。

「そろそろ、家に帰らないといけません。帰って、これからのことを考えるつもりです。助けてくださったこと、本当に感謝しています。これ以上迷惑をかけるのも心苦しいんですけど、どうやったら山を下りられるか、教えてもらえませんか」

障子の枠にもたれて立っている剛籟坊の背は高く、雪宥は首が痛くなるほど仰のいた。

雪宥の身長は百六十五センチで、平均より低いのは間違いないが、それにしても剛籟坊は大きい。今は高足駄も履いていないのに、百九十センチはありそうだ。

返事を待つ雪宥の目を、剛籟坊はほんの少し腰を屈《かが》めて見つめてきた。

「すぐに帰してやることはできない。お前は俺以外の天狗に会ってしまった。もう少し早く俺が気づいていればよかったのだが、仕方がない。ここは俺が造った箱庭のなかで、俺の館《やかた》とつながっている。結界を張っているから、お前に害をなそうとする天狗は入ってこられない。だが、外へ出たらおしまいだ。昨夜《ゆうべ》のようにまた襲われるぞ」

雪宥ははっと息を呑んだ。黒い翼の天狗たちから、極上の獲物と呼ばれ、追いかけまわされたことを思い出す。

「ど、どうして？　どうして俺が襲われるんですか？　天狗が人間を食べるなんて、聞いたことありません」

「頭からぼりぼり齧《かじ》って食うわけではない。精気を吸い取るというのが一番近いな。天狗は不浄を嫌う。不浄を宿す女の天狗もいない。女や女と交わった男は、決してこちらに近づけない。それに、あいつらはお前の血筋に気づいていないようだが、土岐の血を引く者、とくに女を知らん無垢《むく》な者は天狗好みの匂いがするんだ。むしゃぶりつきたくなるような、甘い匂いがな」

「……！」

童貞の匂いがすると言われた雪宥は、真っ赤になった。どんな匂いなのか想像もつかないし、想像したくもないけれど、剛籟坊も天狗なのだから、彼の鼻にも匂っているのだろう。

「ひどい目に遭いたくなければ、ここでじっとしていろ」

「でも、それじゃ困るんです。うちは今、祖父の遺産相続の問題で揉《も》めてて……、跡を継いで村に帰るべきかどうかは、俺にはまだ決められません。すごく図々しいのはわかってるけど、子どものときみたいに、家まで送ってもらえませんか？」

「無理だな。村に帰してやっても、あいつらは連れ戻しに行くだろう」

剛籟坊の大きな両手が、雪宥の頬《ほお》を慰めるように包みこんだ。

少しかさついていて温かく、優しい感触だった。剛籟坊以外の天狗たちに狙《ねら》われるのは恐ろしいけれど、剛籟坊がこうして守ってくれるなら怖くない気がする。

雪宥が縋《すが》るように篠懸をきゅっと摑んだとき、座敷の襖《ふすま》の向こうから声が聞こえた。

「剛籟坊さま、蒼赤《そうせき》にございます」

聞き取りにくい奇妙な声である。

「俺の手下の烏天狗《からすてんぐ》だ。言ったろう、この箱庭には俺と俺が許可した者しか入れない」

説明して雪宥を安心させてから、剛籟坊は「入れ」と蒼赤に声をかけた。

襖が開けられ、現れたものに雪宥は絶句し、その異様な姿に見入ってしまった。

剛籟坊や昨日の天狗たちは、翼さえ除けば、普通の人間と変わりなかった。

だが、烏天狗は違う。背丈こそ、雪宥より少し高いくらいだが、頭部が烏そのものなのだ。尖《とが》った嘴《くちばし》も、白目のない真ん丸の目も、なにもかもが黒い。

なのに、首から下は人間と同じで、山伏衣装をまとい、白手甲から覗いているのは、肌色をした人間の指である。

蒼赤は剛籟坊の前まで進み、片膝をついてかしこまった。

「天佑坊《てんゆうぼう》どの、泰慶《たいけい》どの、広法《こうほう》どのが剛籟坊さまにお目通りを願うております。昨夜の人間を返せと、それはもうたいそうな剣幕で。館の控えの間にてお待ちいただいておりますが、いかがなさいますか」

「……やはり来たか。滅多とない極上の甘露を、そう簡単に諦めはすまいな。雪宥、どうやらお前をこのまま隠し通すことはできんようだ」

憐《あわ》れむような瞳で見られ、雪宥は震え上がった。

天佑坊、泰慶、広法というのが、昨日の天狗たちの名なのだろう。もう一度彼らの前に突きだされるくらいなら、いっそ殺してくれと言いたいくらいだ。

「いやだ！　たすけて剛籟坊、お願い……！」

剛籟坊は返事をくれなかった。蒼褪《あおざ》め、あとずさって逃げようとする雪宥を捕まえ、抵抗をものともせずに抱き上げる。

「わぁっ、下ろして……、下ろせってば！」

「おとなしくしていろ。お前をあいつらに渡しはしない。だが、俺はあいつらの獲物を横取りしたことになるから、道理を通さねばならん」

「俺は獲物じゃない！　そんな、ちょっと早く見つけただけの天狗に、なんの権利があるんだよ！」

　雪宥は必死だった。

「ここが天狗界だからだ。人間のような恰好をしていても、天狗は人間ではない。そして、無垢な男の精気を食らう。空腹で気の立った熊に、人間の言葉や説得が通用しないのと同じことだ」

「そんな、ひどい……」

　完全なる被食者の扱いに、雪宥は泣きそうになった。

　暴れてもがきつづける雪宥を抱えたまま、剛籟坊は蒼赤が入ってきた襖を抜けると、廊下を通って玄関へ出た。

　後ろからついてきた蒼赤がさっと先にまわり、扉を開ける。

　雪宥は仰天して、身体を強張《こわば》らせた。扉の向こうには道などなく、ただ暗闇《くらやみ》が広がっているばかりだった。

「目を閉じて、俺にしがみついていろ」

　剛籟坊の館へは、ここを通っていくらしい。人間には理解の及ばない、天狗の術がかけてあるのだろう。

　暗闇に落ちるのも怖いので、雪宥はしぶしぶ言われたとおりにした。

剛籟坊の両腕に抱かれているのに、さらに身体が浮き上がるような感覚がして、しがみつく力を強くする。その感覚はいくらも経《た》たずに消え、閉じた瞼《まぶた》に明るさが感じられたとき、剛籟坊の声が聞こえた。

「もういいぞ」

目を開けると、そこは襖で仕切られた二十畳ほどの座敷だった。逞《たくま》しい腕からゆっくりと下ろされて、裸足で畳を踏み締める。

剛籟坊は蒼赤が差しだした羽団扇を手に握った。

「ここは俺の館だ。これから、大広間で昨日の三人の天狗どもに会う。お前は俺の隣に座っているだけでいい」

会いたくない、などと駄々を捏《こ》ねられる雰囲気ではなかった。

開けられた襖の向こうには、蒼赤とそっくりな烏天狗が三人、廊下に跪《ひざまず》いて控えていた。

「左から白翠《はくすい》、長尾《ながお》、青羽《あおは》だ」

剛籟坊が名を教えてくれ、雪宥はまごまごしつつ、なんとか会釈をした。

蒼赤を含めて、全員同じに見える。烏の顔は表情がわかりづらく、真っ黒の瞳にも、感情はいっさい表れない。

剛籟坊のように人間の顔形をしていれば、神仙に近い感覚を持てるが、烏天狗は妖怪《ようかい》そのものである。

心細い顔をして、今にも立ち止まってしまいそうな雪宥を連れて、剛籟坊は延々とつづく廊下を歩き、やがて百畳はあろうかという大広間に入った。

祖父の家で広い座敷には慣れているつもりだったが、まったく比べ物にならない。これほど大きな館の主《あるじ》というのなら、剛籟坊は天狗のなかでも相当偉いのではないかと思う。

床の間を背にして座った剛籟坊と少し離れて、雪宥も座った。

烏天狗の一人が、控えの間から三人の天狗たちを案内してきた。

「年長の我らを下座に座らせるとは、侮られたものだな」

「このような者でも、我らが主、不動山の天狗館に棲《す》まう大天狗さまだ。口惜しいが従わねばならん」

「礼儀も知らぬ若輩者を後継に指名なさった玄慧坊《げんえいぼう》さまは、なにを考えていらっしゃったのやら」

口々に不満や皮肉を言い合いながら入ってきた三人を、剛籟坊は無表情に上座から見下ろしていた。

やはり、剛籟坊は不動山で一番偉い天狗なのだ。

若輩者と言っているが、三人の天狗たちも剛籟坊とそう変わらない年齢に見える。

真ん中に座ったのは背中まで伸ばした長い黒髪の男で、色白の肌と整った顔立ちは、意外なほど美しかった。

右端の男は、日に焼けたような浅黒い肌をして、髪を短く刈りこんでおり、左端の男は長い髭《ひげ》を生やしている。

真ん中の天狗が剛籟坊に言った。

「用件はわかっているようだな。そこにいる人間を返してもらおう。それは我らが見つけた獲物だ」

粘つくような視線を感じ、雪宥は顔を背けた。

「生餌《いきえ》を食らうのは禁ずると、お前の大好きな玄慧坊さまはおっしゃっていたぞ。忘れたのか、天佑坊」

剛籟坊の言葉を、天佑坊は鼻で笑った。

「外からむやみに攫《さら》ってくるのは慎めとおっしゃっただけで、勝手に禁じたのはお前だ。我らは賛同していない。この人間は、自分から御山の結界を越えてこちらに入ってきた。それに、このように神気の高い人間は、探しても見つかるまい。お前の鼻にも匂っているはずだ。稀《まれ》なる霊薬を我らから取り上げ、独り占めするつもりだろうが、そうはいかん」

「そうだ、そんな横暴はこの泰慶も許さん」

天佑坊に乗じて、短髪の天狗が息巻いた。

「不動山の大天狗が、下役の天狗から獲物の横取りなど、よもやいたしますまい。知れ渡れば、皆に示しがつきませんぞ」

髭の天狗――彼が広法であろう――が、鋭い目で睨んだ。

この様子では、剛籟坊が言ったとおりになりそうだった。村に帰してもらっても、連れ戻されてしまう。天狗は結界を自由に行き来できるのだから。

雪宥は剛籟坊を縋るように見たが、剛籟坊はちらっとも雪宥を見ない。冷たい横顔に不安が募る。

「お前たちはなにやら誤解をしているようだ。これは土岐家の直系でな、法輪坊《ほうりんぼう》さまの守護を受けた一族の末裔《まつえい》なのだから、神気が高いのは当然のこと。このたび、手違いがあって御山で迷い、お前たちに先にまみえることになったが、アマツユリの代わりに土岐家から捧げられた、俺への供物なのだ。もともと俺のものであって、お前たちに渡す道理はない」

「アマツユリの代わりだと？」

眉根《まゆね》を寄せて、天佑坊が剛籟坊をねめつけた。

「そうだ。長い間アマツユリを作っていた土岐家の当主が、先日亡くなった。直系はもう、この雪宥しか残っていない。だが、村は寂れる一方で、雪宥は一人で花を咲かせつづけることができないと言う。不動山の天狗は、不動村あってのもの。雪宥は花の代わりに己自身を供物にする決心をした。花から人へ、契約を改めるときが来たのだ。よって、雪宥は俺の伴《はん》侶《りよ》となる。諦めろ」

三人の天狗たちと同様、雪宥も束《つか》の間《ま》茫然とした。

最初に生餌呼ばわりされたことも衝撃的だったが、供物や伴侶という言葉はわけがわからない。しかし、無事にすみそうにないことだけは、はっきりとわかる。

「俺はたまに村まで下りているが、そんなやつ、一度も土岐の屋敷で見たことがない。最後の末裔だの契約を改めるだの、適当なことを言って我らを丸めこむつもりだろうが、そうはいかんぞ」

「土岐のじいさんの息子が、村を出ていったまま戻ってきていないのは俺も知っている。それに、不動村にこんなに若く無垢な者はいなかったはずだ」

泰慶と広法は、剛籟坊の言葉を信用していなかった。

「そのじいさんの息子は、雪宥の父親だ。父親は村を出て死んだが、じいさんの孫にあたる雪宥を残した。雪宥はじいさんの死に伴い、主との契約を果たすべく村に戻ってきたというわけだ。わかったら、諦めてさっさと帰るがいい」

戸惑って言葉が出てこない二人に代わって、天佑坊がぐっと身を乗りだし、剛籟坊を睨む。

「その者が最後の末裔だとしても納得はできんぞ、剛籟坊。花から人へ、契約を変えるのは主のお前の仕事だから、とやかくは言わん。だが、伴侶にすると言ったな？　それこそが、口先だけの誤魔化《ごまか》しではないのか」

「どうして誤魔化しだと思う。雪宥を伴侶にしなければ、俺が困るというのに」

天佑坊のしつこさに、剛籟坊はうんざりしているようだ。

「だからこそだ。御山が崩れれば、我らとて棲みかを失う。契約内容が変更されたのなら、それを我らにも見せるべきではないか」

「伴侶の証《あかし》を見せろと言うか。趣味が悪いな」

「お前が未熟だからだ。お前は玄慧坊さまとは違う。御山を守る力があることを、我らに示してもらわねば、信用できんな」

なにを言っているのか、雪宥にはまったく理解できない会話だった。

反論して、この天狗たちを言い負かしてくれと願ったが、剛籟坊は雪宥がやきもきするくらい長く沈黙し、やがて、小さくため息をついて呟いた。

「……仕方がないな」

全員の視線が集まり、雪宥は我知らずあとずさった。

自分がとんでもないことに巻きこまれ、ろくでもないことをされようとしているのは明らかだったが、どこにも逃げ場などなく、恐怖で腰ががくがくと震え、立つことすらできない。

「……いや、やめ……、……っ！」

近づいてきた剛籟坊が雪宥の前で片膝をつき、片手で頬を撫でた瞬間、雪宥の身体に異変が起こった。

声が出せなくなり、指の一本も動かすことができない。まるで人形にでも変えられたかのようだった。

「ほう、声と動きを封じるか。アマツユリの代わりに自ら御山へ入ったような言い方をしていたが、やはり嘘《うそ》だったようだな」

「勘違いするな。これがよがり泣く媚態《びたい》を、お前らに見せてやる気はない。黙ってそこで指を銜《くわ》えていろ」

天佑坊に言い放ち、剛籟坊は木偶《でく》の坊《ぼう》となった雪宥を畳の上に寝かせた。

大きな手が雪宥の肩から腕、腰を労《いたわ》るように撫で下ろし、浴衣の裾を割って、なかに入ってくる。

性経験のない雪宥でも、これからなにをされるか、悟らずにはいられなかった。

伴侶とは性的な意味を含んだ関係で、その証を見せろというのは、目の前で交わって見せろということなのだ。

愕然《がくぜん》としていた雪宥は、太股《ふともも》を撫で上げられ、脚のつけ根をまさぐられて悲鳴をあげた。しかし、喉から漏れたのは息だけである。

怯える自分の息遣いは聞こえているのに声は出せず、自分に覆い被《かぶ》さっている剛籟坊が見えているのに睨むこともできない。

――やめて、やめて……っ！

下着がずり下ろされて、雪宥は心のなかで叫んだ。大声で叫んでいるつもりだが、おそらく表情も変わっていないだろう。

剛籟坊は小さく縮こまっている雪宥の陰茎を浴衣の合間から摑んで出し、包んだ手のひらで揉みこむように擦り始めた。

——うそ……っ、いやだ、あっ、んん……っ！

雪宥は拒みながら喘《あえ》いだ。

身体が動かないにもかかわらず、鋭いほどに感覚があるのが恐ろしい。

こんなふうに無理やり触れられて、感じるわけがないと思いたかった。感じたくもなかった。

だが、初めて体感する自分以外の手の動きは、優しくて巧みで抗《あらが》いがたく、女を知らない性器が、意思とは関係なく硬くそそり立っていく。

敏感な先端を撫でまわされ、刺激に耐性のない雪宥のそれは、早くも先の小さな孔《あな》から透明な蜜を零してしまった。

「おお……っ、甘露が漏れてきた。なんとうまそうな」

「一口でいい、啜《すす》らせろ……！」

甘い匂いに引き寄せられるのか、泰慶と広法が低い呻《うめ》き声を漏らし、下座から身を乗りだして、嬲られている雪宥の陰茎を凝視している。

——み、見てる……！　俺の、見られてる……っ！

雪宥の身の内に、カーッと滾《たぎ》るものが湧《わ》き起こった。

「寝言をぬかすな。これは俺のものだ。一滴の精もお前らにはやらん」

目の前にあるのに手が届かない御馳走を求め、悶《もだ》える天狗たちを、剛籟坊は嘲笑《あざわら》った。

先走りの液が指に絡むのか、根元から先端へ扱《しご》き上げられるたびに、くちゅりといやらしい音が響く。

剛籟坊は扱いていた性器を左手に持ち替え、右手で尻の奥に触れてきた。

――やっ！　なに……いやだ、そんなとこ、いやぁ……っ！

雪宥は肉体の檻《おり》に閉じこめられた内側で、けたたましいほどの悲鳴をあげつづけた。

排泄《はいせつ》の器官を触られることに対する嫌悪と羞恥《しゅうち》はもちろん、窄《すぼ》まりを指先でくすぐられて得た、仄かな快感に対する動揺、そんなものが一度に襲いかかってきて、無駄だとわかっていても叫ばずにはいられない。

だが、雪宥の気持ちなどおかまいなしに、太い指がなかに入ってきた。ぬるりとしていて、粘膜を指の腹で撫で、広げようとしている。

痛みはない。それどころか、指が動くたびに身体の奥がじんと痺《しび》れてきて、雪宥は泣きたくなった。性器は感じても仕方のないところだが、尻は違う。

剛籟坊がやおら身体を下げ、雪宥の勃起《ぼっき》したものを口に含んだ。

「……くっ！」

雪宥に代わって苦悶《くもん》の声をあげたのは、天狗たちだった。

ろではない。


「我らの前で吸いだすつもりか」

「貴重な初物を。なんと口惜しい……！」

獲物を独占する剛籟坊をやっかんだ不平不満が次々に漏れているが、当の雪宥はそれどころではない。

尻に指を入れられた状態で、勃起した陰茎を舌で舐めまわされ、吸われているのだ。

――やぁっ、あっ……あっ、あっ、あー……っ！

未経験の性器は、強すぎる愉悦に対抗するすべもなく一気に膨れ上がり、呆気なく弾《はじ》けた。

剛籟坊は性器から口を離さず、放たれたものを喉を鳴らして飲み干した。もっと出せと言わんばかりに、指と唇を使い、残滓《ざんし》まで搾り取っている。

くたりと力を失った陰茎がようやく解放されたのと、雪宥のなかに埋めこまれていた指が出ていくのは、ほとんど同時だった。

安堵《あんど》の息を吐く暇はない。

大きく割り開かれた脚の間に、剛籟坊の腰が入りこみ、解《ほぐ》されて柔らかくなった秘部に熱いものが押し当てられた。

人形にされた雪宥の身体は、己を犯そうとする男を突き飛ばすことはおろか、初めての挿入に強張ることさえなかった。

――いや、許して……！　お願いだから、入れないで……っ！

心中の狂おしい懇願は、誰の耳にも届かない。

先端がぐっと、なかに押し入ってくる。広げられる感覚は指とは比べ物にならないほど強いが、予想していた激痛はない。

ゆったりと腰を進めた剛籟坊は、熱く滾る肉棒を奥へと潜りこませ、雪宥の純潔を奪った。

ガラス玉と化した目から涙がぽろりと零れ、目尻を伝い落ちた。

剛籟坊はその涙を指で拭《ぬぐ》い、躊躇《ちゅうちょ》なく腰を動かした。

体内に収められたものが、出たり入ったりしている。肉襞《にくひだ》を擦られ、突き上げられると、生まれて初めて味わう快感に満たされ、雪宥はうろたえた。

——……あ、なに、これ……、やだ……！

身体が動けば、腰をくねらせていたかもしれない。声が出せれば、淫《みだ》らな喘ぎを漏らしていただろう。

抜き差しが捏ねまわす動きに変わっても、べつの快感が雪宥を弄《もてあそ》んだ。

隠された嬌態《きょうたい》を見透かすように、剛籟坊と天狗たちの視線が、抱かれる雪宥に突き刺さっている。

しかし、誰かに見られていても、もはや愉悦が小さくなることはなかった。萎《な》えていた雪宥自身も、いつの間にか再び頭をもたげていたようで、握りこまれた剛籟坊の手のなかでびくんびくんと脈打っている。

人形なのに、性器だけが膨らんでは精を放出して萎《しぼ》み、また膨張を繰り返す。どうせなら、快感も消してくれればいいものを。

剛籟坊の動きが激しくなった。

速く強く腰を打ちつけてきて、奥まで突き入れたところで静止した瞬間、一際大きくなった肉棒から勢いよく精液が吐きだされた。

——あうぅっ、熱い……熱いのが、俺のなかに……いやぁっ、あ、あ……。

粘膜が焼かれるような感覚に静かに身悶えしながらも、ようやく終わったのだと雪宥はほっとした。

雪宥自身は勃起したままで、中途半端な疼《うず》きが全身を苛《さいな》んでいたが、こんな状況で達したいとは思わない。

ところが、剛籟坊は吐精してもまだ硬さを維持している性器を抜き取り、先走りの体液で濡《ぬ》れている雪宥の陰茎にむしゃぶりついた。

口腔《こうこう》深くに含み、舌先で括《くび》れや先端を擦っては、吸い上げてくる。弱いところを知り尽くした愛撫《あいぶ》に、雪宥はひとたまりもなかった。

——もういやだ……、いきたくないのに、また……いく、あ……、いくぅ……っ！

堪える間もなく強引に二度目の射精を強制され、またもや一滴残らず啜り飲まれた。

溜めていた快感が流れて出てしまうと、まるで使い古されたボロ雑巾《ぞうきん》になった気分だった。

これで気がすんだのなら、みんな早くどこかへ行ってほしい。あられもない姿を曝《さら》してしまった雪宥を、一人にしてほしい。

雪宥のささやかな願いは、叶わなかった。

剛籟坊は脱力している雪宥を抱き起こし、後ろ向きに自分の膝の上に乗せると、両脚を左右に開かせて、男に犯されたばかりの後孔を露出させ、監視者たちに見せつけたのだ。

——ひっ、いやあぁ……っ！

雪宥は絶叫した。

大きな肉棒に広げられたそこから、剛籟坊が放った精液が一筋流れ落ちる。

「新たな契約がなされた。雪宥は俺の精を食らい、伴侶となった。これでいいだろう。さっさと往《い》ね」

剛籟坊が冷たい声で命じても、天狗たちはしばらくその場から動かなかった。

欲情にまみれたいくつもの視線が、雪宥のもっとも恥ずかしい部分にへばりついている。

舐めまわすように、見られている。

あまりにむごい観賞会だった。

糸のように細くなっていた雪宥の神経は、これ以上の恥辱に耐えきれず、ふつっと切れた。

3

目覚めは最悪だった。

泥海の底から無理やり引っ張り上げられたような重苦しさが全身を取り巻いており、股関《こかん》節《せつ》が痛んで、尻のあわいに違和感がある。

悪夢を見たと思いたかったが、記憶は無残なほど鮮明に残っていた。

雪宥は顔をしかめながら、腕や脚を動かした。自分の意思で身体が動くかどうか、確かめたかったのだ。

「術は解いてある。痛みもなかったはずだ。天狗との交わりは悦楽しか生まない」

低い声が聞こえて、雪宥は小さく悲鳴をあげて飛び起きた。

布団の横に、剛籟坊が胡坐《あぐら》を搔いて座っていた。山伏姿ではなく、緑とも藍《あい》ともつかない深い色の着物を着ている。

何事もなかったかのように、平然としているその顔が許せなかった。

「よくも、よくもあんなひどいことを……！」

雪宥はカッとなり、膝でいざり寄りながら右手を振り上げ、卑怯《ひきょう》な天狗の術を使って己を凌辱《りょうじょく》した男の頰を、思いきり引《ひ》っ叩《ぱた》いた。

乾いた音が、静かな空気を裂いた。

逃げもせずに平手打ちを受けた剛籟坊が、怒りのために肩で息をしている雪宥を、じっと見つめてくる。

「お前の怒りもわかるが、ああでもしないと、お前は俺の伴侶だと認められなかった。俺のものでなければ、あいつらはお前を奪おうとしただろう。あいつら全員のおもちゃにされていたら、俺に抱かれる以上につらい目に遭っていたんだぞ」

助けてやったのだから、感謝しろとでも言いたげな口ぶりである。

三人に弄ばれるのは死んでもいやだが、初めての性交で無残に開かれ、なかに出された精液で汚れている恥部を見られるのだって、いやだった。

股間に張りついて離れなかった、粘つく視線を思い出し、雪宥はぶるっと震える自分の身体を、両腕で抱き締めた。

人智を超えた力を持つ天狗が、あんな野蛮な方法しか選べなかったのだろうか。

これまで剛籟坊に感じていた親しみや感謝の気持ち、また、天狗という存在への畏敬《いけい》の念は、綺麗さっぱり消え失《う》せていた。

「あんたはこの山で一番偉い天狗なんだろう？　やめろって命じるだけじゃ、駄目なのか。それとも、三人をいっぺんに相手にするのは負けそうで怖いのかよ！」

侮蔑《ぶべつ》に満ちた雪宥の感情の迸《ほとばし》りを、剛籟坊は受け流した。

「お前を見つけたのはあいつらが先だ。たしかに俺は不動山の天狗たちをまとめる主の立場にあるが、一番偉いからといって、獲物を不当に横取りすることは許されない。天狗の世界にも秩序はある。道理を通す必要があると言ったはずだ」

「あんな……あんなことが、道理を通すことになるなんて、信じられない！　俺の身体を見世物にして！」

「証を見せろとまで言われるとは俺も思わなかったが、それだけお前が得がたい人間だったということだ。誰とも交わったことのない男の精液は、味がいいだけでなく、天狗の力をも増幅させてくれる。土岐家直系のお前は神気がとくに強いから、一、二滴舐めるだけでも効果があるはずだ。お前が無垢でいるかぎり、あいつらにかぎらず、天狗たちはお前を求め奪おうとする。俺のものになる以外に、道はなかった」

「……」

なにかを言い返したかったが、言葉にならなくて口を噤《つぐ》んだ雪宥に、剛籟坊はさらに絶望的な情報をくれた。

「あの三人の手に落ちれば、お前はどこかに閉じこめられて、しじゅう精を吸いだされることになっていただろう。交わらずに精を搾取するだけにとどめておけば、いつまでも御馳走にありつける。お前が枯れて死ぬまでは」

使い捨ての霊薬製造機のごとき扱いを受けると知って、雪宥は泣きたくなった。

天狗のいる山に入ると、人間の尊厳もなにもなくなってしまうらしい。

「そんなの、ひどすぎる……」

「お前は俺と交わって精を交換し、俺の伴侶となったから、もう大丈夫だ。無垢でなくなったお前の精には、伴侶以外の天狗の力を増幅させる効果はなくなる」

誰かれかまわず狙われる危険がなくなったことはありがたいが、あの行為はやはり許容できない。うなだれていた雪宥は、ふと気づいて顔を上げた。

「それなら、俺を家に帰してよ！　獲物としての価値がなくなったんなら、人間の世界に帰ってもいいはずだ！」

金のことばかり気にして、雪宥を金蔓《かねづる》のように扱う家族のもとでも、こんなところにいるよりはましである。

アマツユリのことも遺産のことも、もはやどうでもよかった。不動山と不動村から、一刻も早く離れたい。

そして、二度と戻りたくない。

雪宥は自分の服を探して、周囲を見まわした。天狗館に連れていかれるまで寝かされていたのと同じ部屋だが、あのときは寝具の横に置いてあった洋服が、今はない。

「俺が着ていた服は？」

「人の世界に帰すことはできない」

「どうして！」

食ってかかる雪宥に、剛籟坊は恐るべきことを告げた。

「お前は俺と伴侶の絆《きずな》を結んでしまった。ひとたび天狗と契った者は、一日も空けることなく、精を与え合わねばならない。そうして、俺とお前の気が徐々に混じり合い、お前はやがて、人間から天狗の肉体へと変わっていく」

顔をしかめて聞いていた雪宥は、突拍子もない話に、咄嗟《とっさ》に嘲笑《ちょうしょう》してしまった。

「……俺が天狗になるって？　馬鹿馬鹿しい！　そんな嘘に騙されるもんか。俺を利用したいから、帰さないつもりなんだ。俺のせ……、精液はっ、あんたにだけは効果があるって話だから」

「嘘ではない。お前はそれを、自分の身体で知ることになる。俺はもともと天狗だから、お前の精を摂《と》らずとも死にはしないが、人間のお前は違う。渇いて飢えて、のたうちまわる。お前の身体は俺の精しか受けつけない。もう身体は変わり始めているぞ」

「怖がらせたって、絶対に信じない！」

「腹が減ってないだろう？　山で迷ってからかなり時間が経っているのに、おかしいと思わないか？」

「……！」

雪宥は視線を落とし、腹に手を当てた。そう言われてみれば、そうだ。

天佑坊たちがやってきて、それどころではなくなってしまったが、剛籟坊に抱かれるまでは、たしかに空腹を感じていた。

それが今はない。

「こ、これはきっと……非常事態だから、身体が驚いてるだけなんだ。そうだよ、こんな状況でお腹《なか》が空くとか、ありえないから……！」

必死に自己弁護する雪宥を、剛籟坊は憐れむような目でじっと見ていた。

その静かな瞳が、やけに雪宥の気に障った。雪宥がどんなに否定しても、もう行く末は定められていて逃げようがないと、言外に語っている。

信じたくもなければ、納得もできない。

このような事態を甘んじて受け入れねばならないなんて、雪宥がいったいなにをしたというのだ。

唇を嚙《か》み締めた雪宥は怒りのやり場を求め、かけ布団をぎゅっと握った。

「一気にすべてを話しても、理解できんだろう。一人でゆっくり考えるといい。お前の限界が近づいたら、また来る」

腰を上げ、部屋を出ていく剛籟坊の背中に、雪宥は叫んだ。

「ゆっくりって、なにをゆっくり考えるんだよ！　考えたって、俺がしたいのはただひとつ、家に帰りたいってことだけだ！」

剛籟坊は襖のところで立ち止まり、雪宥を見もせずに言った。

「逃げられないことを理解して、覚悟を決めろということだ。実際に飢えれば、また気持ちも変わろう」

「……そんな、おい、ちょっと！」

すっと襖が引かれて、剛籟坊は行ってしまった。

取り残された雪宥は、慌てて追いかけようとしたけれど、情交の違和感が残る身体が俊敏な動きを拒絶した。

手で支えながらなんとか立ち上がり、襖を開けてみたが、そこには誰もいなかった。

一人で考えろと言っていたから、この屋敷から出ていったのかもしれない。廊下の先には、剛籟坊の館へとつづく扉があったはずだ。

雪宥は裸足で廊下を歩き、ほかの部屋を覗いて誰もいないか確認してから、玄関に下りた。

扉はぴたりと閉じている。指をかけて、おそるおそる開けようとしたが、一ミリたりとも動かない。力任せに引いてみても、カタリと音もしなかった。

鍵《かぎ》がかけられているというよりは、なにか呪《のろ》いでもかけられているといったほうがよさそうだ。

「俺を出したくないんだ、ここから」

閉じこめられたと知って、雪宥は考えた。

玄関はおそらく、天狗館に直結している。なら、縁側の向こうに広がっていた庭の果ては、どうなっているのだろう。

雪宥は急いでもとの座敷に戻り、縁側から庭に出た。草履《ぞうり》が置いてあったので、それを履き、池を迂回《うかい》して庭園の終わりを探す。

しかし、慣れない草履を履いているせいか、思うほどに歩みは進まず、二十分もしないうちに鼻緒擦れしてしまった。

「いったぁ……。うわ、血が出てる」

しゃがんで傷を確認して、顔をしかめる。

足が痛いから屋敷に戻る、なんて選択はありえなかった。地面は幸い柔らかい土だったから、思いきりよく草履を脱いで、裸足になって歩きつづけることにした。

西も東もわからないが、屋敷と山から離れる方向を選び、途中で池に引かれている水源の川を見つけたので、川に沿って下っていくことにする。

水量の多い川の流れは、雪宥を勇気づけた。

天狗の結界に、広大な海まで含まれるとは思えない。もし海へ出られたら、そこは天狗の結界から抜けだしているのではないだろうか。

土岐家の血筋によって、そうと気づかず天狗界に迷いこんだ雪宥は、同じようにそうと気づかず人間界に戻れるかもしれない。

その理屈でいくと、太陽だって結界からは外れていると思うけれど、翼のない雪宥には空からの脱出は不可能だ。

裸足の足はじきに泥だらけになり、土や小石に擦れて痛みを訴えた。しかし、ここにとどまりつづけることのほうが恐ろしい雪宥は、ひたすらに川の果てを目指して歩いた。

もとの世界に戻り、これは夢だったのだと思いたい。

どんなに痛くても、何時間でも歩く。這《は》ってでも進むと決心していたが、足が限界を迎える前に、終わりは唐突に訪れた。

サァサァと音をたてて流れていた川が、消えている。川だけではない。地面も空も、切り取られたように、不意に消滅しているのだ。

その線の向こうは、白く曇ってなにも見えない。

「う、そ……」

雪宥は愕然としながら、手を伸ばした。

境目のところに、不思議な手応えがあった。硬くもなく柔らかくもなく、冷たくもなければ温かくもない。

それは全身の力をかけて押しても揺らがない、壁だった。

だが、川の流れは依然としてある。上から下へ、ときにうねりを伴って流れ、壁で堰《せ》き止められているようには見えない。

雪宥は浴衣の裾をまくり、川の浅瀬に入った。際まで歩き、片足を浮かせて流れに任せるようにして脱出を試みたが、やはり見えない壁が行く手を阻む。

雪宥だけが、ここに閉じこめられていた。

「……なんだよ、ここ。なんで出られないんだよ！　出せよ、俺を出せ！　家に帰してくれよ！」

焦燥感に駆られ、雪宥は居ても立ってもいられず叫び、壁を殴り、蹴《け》って暴れた。止まらないのではないかと思うほどの衝動だったが、やがて肉体のほうが力尽きて、川のなかに座りこんだ。

なにも考えられなかった。

ただ、茫然と川の流れに身を浸し、山の端に沈もうとしている夕日を浴びている以外に、できることもない。はじめに感じていた傷ついた足の痛みさえ、麻痺《まひ》している。

真っ白になった頭に、不意に、東京の自分の部屋の机に伏せた、読みかけの本が浮かんだ。道中の電車でつづきを読もうと思っていたのに、出がけに弟が行きたくないとぐずり、なだめるのに手間取ってバッグに入れ忘れたのだ。

わからないままの結末。

見ようと思っていた映画。

夏休みに計画していた旅行。

やりたいことがたくさんある。

次々に浮かぶ家族の顔、友人たちの顔。

懐かしいと思うほどの時間は経っていない。

成り行きを受け入れ、諦められるほどの時間も経っていない。

本当にもう、戻れないのだろうか。

天狗に、なってしまうのだろうか。

「……いやだ、いやだいやだ、いやだ！」

ぽろりと涙が溢《あふ》れてきて、雪宥はやるせなさに身悶えしながら、幼い子どものようにしゃくりあげて泣いた。


羽音が聞こえたのは、泣き疲れて、いっそうぼんやりとしていたときだった。

空を見上げる気力もなく俯いていると、川岸に一本歯の高足駄を履いた剛籟坊が、身軽に下りてきた。

「こんなところまで歩いてきたか。ここからは出られないと言っておいたのに」

無駄なことをして、と言わんばかりである。

新しい涙が一筋、雪宥の頬を伝った。

「だが、これでわかっただろう。屋敷に戻るぞ」

高足駄を履いたまま川に入ってきた剛籟坊に腕を摑まれたが、雪宥は無言でだらりと力を抜いたまま、立とうとしなかった。

憔悴《しょうすい》していたせいもあるし、剛籟坊の言うとおりにしたくない反抗心もあった。

剛籟坊は無理に腕を引くのはやめ、ずぶ濡れの雪宥を両腕に抱き上げた。

「……っ、放せよ！」

さすがに雪宥はなけなしの力を振り絞り、腕のなかから下りようとした。

「この足で歩くのは無理だ。あとで薬を塗ってやる」

親切ごかしを言うのが、許せなかった。雪宥がしてほしいのは、そんなことではない。

だいたい、天狗を祀った祠があるからといって、山に本物の天狗が棲んでいるなんて、誰も考えていない。

土岐家の血筋が天狗の結界を越えやすいなんて、いったい誰が知っていたというのだ。

ましてや、性経験のない男性の精液が天狗の霊薬であることなど、人間にわかるはずもない。

雪宥はただ、アマツユリを摘んで不動山に登っただけなのに。

「いやだ！　俺は悪くない、うちに帰りたい！　大学にだって行きたいし、やりたいことがいっぱいある。天狗になんかなりたくない。こんなところにいたくない……！」

血を吐くような叫びに、返ってくる言葉はなかった。

叫んでいるうちに脱力していた身体に力が戻り、足をばたつかせて暴れ、剛籟坊の胸や肩を拳《こぶし》で叩く。

「家族に会いたい！　そりゃ、仲のいい家族じゃなかったし、大学を卒業したら家を出て一人暮らししてやるって思ってた。戻ったって、遺産問題で揉めるのはわかってる。でも、こんなふうになにも言わずに消えるなんてい……、わ、うわっ！」

いやだ、と言うつもりの語尾は、悲鳴で消えた。

抵抗などものともせずに、雪宥を抱いた剛籟坊がふわりと宙に浮き上がったからである。景色が変わり、下を見なくとも地面が遠ざかっているのはわかった。そのぶん、夕焼けの空が近くに迫っている。

こうされるのは二度目だった。高いところが苦手な雪宥は口を噤み、身体を縮こまらせた。いくら怖いからといって、剛籟坊にしがみつきたくはない。

広げられた剛籟坊の白い翼が夕日に染まり、オレンジ色になっているのを見たあとは、ひたすらに目を閉じて着地を待った。

痛む足を泥だらけにして歩いたのに、屋敷に着いたのはあっという間だった。

雪宥が往生際悪くどんなに足掻《あが》いても、結局はこの大天狗の手のひらのうえで遊ばされているだけなのだ。

「もういいだろ、下ろせよ」

縁側から座敷に上がっても、抱えたまま下ろそうとしない剛籟坊に、雪宥はぶっきらぼうに言った。

背中の翼は綺麗にたたまれたと思ったら、魔法のように消えていた。

「ずぶ濡れで身体が冷えている。湯に浸かって温まったほうがいい。初夏でも油断すれば風邪をひくぞ」

「天狗でも病気になるのかよ」

「お前はまだ人間に近い」

生意気な皮肉に怒りもせず、剛籟坊は廊下に出ると、玄関とは逆方向に歩き、壁の前で立ち止まった。

雪宥を片手で抱きなおし、空いた手を壁に当てている。

こんなところでなにをしているんだろうと首を捩《ね》じって窺《うかが》っていた雪宥は、白い漆喰《しっくい》の壁が突如として木製の扉に変化するのを見て、目を剥いた。

しかし、驚くのはまだ早かった。剛籟坊が新たに造った扉を開けた先には、屋敷内にあるとは思えない光景が広がっていたのである。

もわっとした白い湯気が二人の身体を包んだ。

「……お、温泉?」

雪宥はぽかんとした顔で呟いた。

扉の向こうは洞窟《どうくつ》のようだった。角の取れた大きくて丸い岩で囲われた広い湯船と、洗い場のような平らな場所があり、天井は高く、一番奥の岩壁の天井に近い部分から、滝のように湯が流れ落ちている。

壁のところどころに松明が灯《とも》され、薄暗い内部を照らしていた。

「お前の住まいにと慌ててこの屋敷を拵《こしら》えたんだが、風呂場《ふろば》を造るのを忘れていた。どうせ造るなら、温泉のほうがいいだろうと思ってな」

「今、造ったの？　さっき壁に手を当ててた、あれ？」

なんだか毒気を抜かれて、雪宥は矢継ぎ早に訊《たず》ねた。

「そうだ」

剛籟坊は扉近くの、脱衣のために区切られたような板敷の間に入り、長腰かけに雪宥を座らせた。

手早く山伏の衣装を脱ぎ捨てて裸になると、雪宥の前にまわって浴衣を脱がせようとする。目に飛びこんできた逞しい男の裸体から、雪宥は思わず目を逸《そ》らし、襟元を掻き合わせて抵抗しながら、

「ひ、一人で入りたい……！」

と主張した。

「足が痛んで、歩けないはずだ」

見下ろした雪宥の足先は紫色になり、足裏から流れた血が敷かれた板を赤く染めていた。今のところ、感覚は麻痺しているが、これを湯に浸けて温《ぬく》めたら痛みそうだ。ますます一人で入りたい。ごくりと唾液《だえき》を飲み、尻込みしようとした雪宥の浴衣を、剛籟坊は強引に剝《は》ぎ取り、有無を言わさずに抱き上げて洗い場に連れていく。

「やだっ、待って……、いっ、痛っ！」

足先に温い湯をかけられて、雪宥は痛みに身悶えた。

けれど、剛籟坊の大きな手がこれ以上ないほど優しく動き、こびりついていた泥や血の塊を洗い流してくれていることもわかった。

「血が出ているわりにはひどくない。これならすぐに治る」

綺麗に洗い終えた剛籟坊がそう言い、再び雪宥を抱いて湯船に入った。

足裏が湯に浸からないよう、雪宥の椅子《いす》になる恰好で、背後から支えてくれている。まるで親が幼い子どもを入浴させているかのようだ。

「いいよ、こんなことまで……下ろしてよ」

伸ばした足の踵《かかと》を湯船の縁に引っかけた雪宥は、剛籟坊の膝の上で身を捩《よじ》った。背中から尻は剛籟坊に密着し、落ちないようにか、腹の前には太い両腕が巻きついている。

頭のてっぺんには、剛籟坊の顎《あご》が乗っていた。圧倒的な体格の差である。

「いろんなことがあって、疲れているだろう。なにもしないから、力を抜け」

雪宥は身体を硬くしたままだった。尻の下に当たっているのは、剛籟坊の性器のような気がする。

こんな状態で寛《くつろ》げというほうが無理だ。

今はおとなしくしているそれが、大きな肉の塊となって自分のなかに入ってきたことを思い出した。排泄器官に挿入されたにもかかわらず、痛みはまったくなく、むしろ気持ちよさに身悶えた。

人形にされていたから、外見上の変化はなくとも、肉茎でつながっていた剛籟坊にはすべてがわかっていたはずだ。

剛籟坊は硬直を解そうとしてか、雪宥の腕や脇腹《わきばら》などを撫でている。

他人と裸で接触したことのない雪宥は、手が触れるところから震えてしまい、慌てて剛籟坊から離れようとした。

「おい、暴れるな」

腕を摑んで遠ざけ、縁に引っかけた足で踏ん張ったが、浮力もあって、身体を支えていた腰がつるりと剛籟坊の膝から滑り落ちる。

「あっ、わ……っ！」

倒れて湯に沈むと思った雪宥の身体は、そうなる前に、剛籟坊によって素早く抱きなおされていた。

「俺の膝で溺《おぼ》れるつもりか」

声は耳のすぐそばから聞こえた。

頭の上に乗っていた顎が、肩口に位置を変えている。ほんの数センチ寄れば、頬と頬がくっつく距離だ。

ぎょっとして飛びのこうとしたものの、抱きなおされた身体は、勝手な動きはもう許さないとばかりに拘束されている。

せめて顔だけでも反対側に背けようとした雪宥は、ふと甘い香りを感じて、鼻をひくつかせた。好ましいほうの部類で、どことなく、アマツユリの香りと似ている気がする。

両手を器にして湯を汲《く》んで匂いを嗅《か》いでも、湯の匂いしかせず、自分の腕に鼻を寄せても、なにも匂わない。

雪宥の肩をすっかり顎置き場にしている剛籟坊に、そっと鼻先を近づけると、ふんわり漂ってくるものがあった。

大男の天狗から、こんなに甘い匂いがするのが意外で、首を傾げた瞬間に、それはやってきた。突然湧き起ったといってもいい。

今まで感じていなかった空腹感である。

匂いに触発されたのだろうか。一度自覚すると、それはどんどん強くなり、喉が渇いて苦しいほどになった。

「……もう、上がりたい。温まったから」

雪宥はぎこちなく言った。

自分の状態を、剛籟坊には知られたくなかった。彼の言ったことが本当なら、空腹の雪宥が受けつけられるのは、剛籟坊の精液だけだ。

それは飲み物でも食べ物でもない。そんなものは摂取したくない。

飢えて死ぬことになったとしても、断じて。

「そうか」

剛籟坊は短く返し、さっと立ち上がった。

立てないのは仕方がなくても、身体を拭《ふ》いて浴衣を着るくらいは自分でできると言ったが、聞き入れてはもらえなかった。不穏な空腹感が、雪宥の抵抗力を根こそぎ奪っていた。

雪宥の恰好を整えてから、剛籟坊自身も紺地の浴衣を身につけた。

「あのさ、俺、水が飲みたいんだけど」

なにげない調子を装って、雪宥は言ってみた。

悟らせたくはないが、風呂上がりに水を所望するくらいは、生き物として当然の生理ではないかと思ったのだ。

しかし、剛籟坊にはお見通しだったらしい。長腰かけに座る雪宥の前にしゃがみこみ、ひたと視線を合わせてくる。

「水を飲めば、渇きはもっとひどくなるぞ」

「……！　そんなの、わかんないだろ！」

「わかっている。お前を潤すことができるのは……」

「水！　水が飲みたい！」

剛籟坊の言葉を遮り、雪宥は拳を握って叫んだ。

渇きのせいで苛々した目で剛籟坊を睨んでいると、ふと視線を逸らされた。

剛籟坊は小さくため息をつき、腕を伸ばして長腰かけの上に手のひらを乗せた。すぅっと上げられた手の下から、忽然《こつぜん》と出現したのは湯呑みだった。もちろん、たっぷりと水が入っている。

「飲まないほうがいいと思うがな」

一言添えて差しだされたそれを受け取った雪宥は、思わず陶器の感触を手で確かめ、なかの水を揺らしてみたり、腰かけの板の上を撫でてみたりした。

種も仕掛けもなさそうだ。温泉だって造れるのだから、湯呑みのひとつやふたつ、御茶の子さいさいなのだろう。

口元まで器を持っていって水の匂いを嗅いでも、これが飲みたいという気分にはならなかった。身体が欲しがっているものと違うのだ。

認めたくなくて、雪宥は一気に呷《あお》った。

よく冷えた水が喉元を通り、胃に落ちていくのがわかる。

飲み干してしまい、ほっと息をつこうとして、思いきり噎《む》せて咳《せ》きこんだ。潤ったはずの喉が急速に渇き、心臓が激しく脈打っている。

雪宥は湯呑みを落としたことにも気づかず、前屈みになって浴衣の襟元を摑んだ。咳《せき》は止まっても、苦しくてしようがなかった。水を飲む前より、症状はひどくなっている。

「俺が言ったとおりだろう。俺の精以外を口にすれば、そうなる」

剛籟坊が大きく波打つ背中を撫で、気遣うように言った。

あまりの苦しさに後悔が走ったものの、試しもせずに諦めるなど、雪宥自身が納得できなかったに違いない。

奥歯を噛み締めて悶える雪宥を、剛籟坊が抱き上げた。

ただでさえ息苦しいのに、密着することで匂いがいっそう強くなった。ねっとりと渦巻き、鼻腔の奥に絡みついて、息が止まりそうになる。

「うー……、うぅっ」

雪宥は低く呻き、剛籟坊の腕のなかで暴れた。

ずり落ちようが浴衣がはだけようが、どうでもよかったし、そもそもそんなことは思考の隅にも引っかかっていなかった。

ただ、この渇きから逃げだしたい。

座敷に戻った剛籟坊は、綺麗に敷きなおされた布団の上に雪宥を下ろした。

雪宥は文字どおりのたうちまわり、飢えるということを身を以て知った。獣のように唸《うな》っては、喉元を掻き毟《むし》る。

その手を、剛籟坊に掴まれた。両手首をまとめられてしまい、剛籟坊のほうを向いたまま寝返りが打てなくなる。

「口から飲むか、昨日のように交わって体内に入れるか、どちらかしかない。我慢しても苦しみが長引くだけだ」

「い、やだ……！　昨日のは、いやっ」

「なら、口から飲め」

「それも、やだぁ……！」

雪宥は泣いていやがった。

じっとしていられないほどの苦しさだ。浴衣の裾はまくれ上がり、下着をつけていない股間が剝きだしになる。

「俺に抱かれるのはそんなにいやか」

「いやだ！」

なにを訊かれても、いやだとしか言えなかった。苦しくて苦しくて、いっそのこと首を捥《も》いでほしいとさえ思う。

「雪宥」

名を呼ばれ、閉じていた瞼を開けた雪宥は、目に飛びこんできたものに驚き、身体をわななかせた。

剛籟坊は片手で雪宥の両手を摑み、もう片方の手で、己の浴衣の下から男性器をまさぐりだして扱いていた。

すでに勃起しているそれは体格に見合う大きさで、色も赤黒く、かさの部分が張りだしていて、血管が浮きでている。

こんなに大きなものを、昨日は本当に受け入れられたのだろうか。

雪宥の視線を浴びて、陰茎はさらに怒張した。

先端の孔から透明な体液が盛り上がり、つつっと幹を通って落ちる。

「あ……」

朦朧《もうろう》とした雪宥の唇が、開いていた。

「ここへ来い。口をつけたら、すぐに出してやる。飲まなければ飢えて死ぬが、簡単には死ねん。幾日も悶え苦しむことになるぞ」

手淫《しゅいん》しているとは思えない、淡々とした声だ。

あそこから放出される精液を飲めば、この渇きから解放される。

楽になれる。

雪宥が身体を起こそうとすると、両手首の拘束もなくなった。肘《ひじ》で支えながら、なんとか座り、男の剛直に顔を寄せる。

幾度かためらい、ついに半開きの唇を先端に被せた。

「……っ！」

想像以上の熱さに驚いて、思わず顔を上げてしまったが、気を取りなおし、もう一度、精液が出るところに唇をあてがう。

「いい子だ……。零さないように、受け止めろよ」

剛籟坊が雪宥の頬を、そっと片手で包みこんだ。

屹立《きつりつ》を擦り上げる手の動きが速くなった。軽く当てているだけでは唇がずれてしまうため、口を大きく開けて、張りだした部分を含みこむ。

裏側に舌を添え、歯で噛まないように注意し、唇で締めつけて隙間《すきま》をなくしたとき、剛籟坊が低く呟いた。

肉棒が脈打ち、先端がさらに膨らんだ。

「……っ、出すぞ」

宣言の直後に、体液の放出が始まった。

勢いよく噴きだしてくる精液を、雪宥は口腔で受け止めようとしたが、射精の激しさに怖《お》気《け》づき、途中でうっかり口を外してしまった。

「うっ、くう……っ、こほっ……っ！」

飛び散った白濁液が、雪宥の顔を汚す。雪宥は噎せながらも、口内に残った精液を飲みこんだ。

どろりとして、舌にも喉にも絡みつき、おいしいものだとは思えない。

だが、顔をしかめてなんとか飲み下した次の瞬間には、渇きと飢えが嘘のように引いていった。

「どうだ、収まったか？」

射精の余韻か、少し掠《かす》れた声で剛籟坊が囁《ささや》いた。

濡れた手を浴衣の端で拭い、今にも倒れてしまいそうな雪宥を胸元に抱き寄せると、頭のてっぺんに褒めるように口づけを落とす。

口づけがこめかみあたりに下りてきても、顔についた精液を指先で拭われ、濡れた唇を愛《いと》しげに撫でられても、雪宥は動けなかった。

剛籟坊の言っていたことは、すべて本当だったのだ。こんな症状がまともな人間に起こるわけもなく、雪宥はすでに人間を脱しかけており、こうして徐々に天狗へと変化していくのだろう。

精飲を拒めば、あの死ぬよりつらい飢えが我が身を襲う。

俯いた顔から、ぼたぼたと涙が零れた。

不動山で迷いこんで以来、信じられない出来事の連続だった。人間界には帰れないと言われつつも、雪宥は希望を捨てきれなかった。

なにか道があるはずだと思いたかった。

「……いやだ」

たまらなくて、声に出た。

「雪宥」

「いやだいやだいやだっ！　こんなの、いやっ……いやーっ！」

なだめようとする剛籟坊の手を振り払い、雪宥は喉が裂けるほど泣き叫んだ。

そんなことしかできない自分の無力さが、情けなくて悔しくて、悲しかった。

4

縁側から庭に下りて、雪宥は庭園内を散歩した。

ずっと座敷に閉じこもっていても運動不足になるばかりなので、天気のいい日には歩くようにしているのだ。

結界のなかだというのに、ここには移ろう四季と変わりゆく天気、朝から夜へ流れる時間もある。そればかりか、花の蜜には虫がたかり、池を覗きこめば魚が泳いでいるし、夕暮どきには鳥が鳴く。烏天狗ではなく、本物の鳥である。

剛籟坊いわく、

「完全に天狗へと転成するには時間がかかる。肉体に不調をもたらすこともあろう。安全で過ごしやすい快適な場所を用意するのは、当然のことだ」

ということらしい。

気を使われているのはわかったし、屋敷は広くて、庭園の景観も見事ではあるが、快適さの面では首を傾げざるを得ない。

ここは江戸時代か、それ以前から時が止まっているようで、二十一世紀には当然あるべき電化製品などは、いっさいなかった。電力そのものがない。

薄暗くなれば、誰もいないのにひとりでに明かりの火が灯っていて、いつもぎょっとしてしまう。

与えられる服も浴衣や単衣《ひとえ》などで、ジーンズに慣れた現代っ子には動きにくくてしようがない。履物も当然、草履である。

天狗の世界は時代の変化から取り残されているとしか言いようがなかったが、それも仕方ないことかもしれない。

天狗には天狗にふさわしいイメージというものがある。洋風家屋に住んで、スーツに革靴を履き、携帯電話で連絡を取る天狗がいたら、釈然としない思いに駆られたに違いない。

雪宥は池の畔《ほとり》に建てられた四阿《あずまや》の腰かけに座って、足を休めることにした。草履は少し歩いただけでも、鼻緒が擦れて痛くなるのだ。

飢えに負け、自分の意思で初めて剛籟坊の精を飲んで絶叫し、号泣したあの夜から十日が経っていた。

雪宥はそれでも、三晩は抵抗を繰り返した。

今日こそは耐えてみせるとはじめは意気込んでいるのだが、どんなにいやがっても容赦なく襲い来る肉体の飢えには逆らえない。

すぐ目の前で剛籟坊が用意してくれている精を飲めば、たちまちのうちに楽になれることがわかっているので、我慢する時間は短くなっていく。

野太い男の肉棒にも見慣れ、噴きだす精液を零さずに受け止めることができるようになった。慣れたのはそれだけではない。

苦くて生臭いと感じていた精液が、日を重ねるごとに甘くなり、おいしいとさえ思うようになっていた。

そして、四晩目にはとうとう、剛籟坊の準備ができる前に、陰茎を口に銜《くわ》えて吸ってしまった。苦しむだけ無駄だということが、骨身に沁《し》みてわかったのだ。

どうせ飲まねばならないのなら、飢餓感の薄い間にすませたほうがいい。

しかし、さすがに早すぎたことに気づき、一度離そうかとも思ったのだが、先走りの滴が口内に甘く広がって、先端のつるりとしたところを舌が勝手に舐めていた。

これではまるで、愛撫をしているようだ。精を早く出してくれと、催促しているのと変わらない。

なにをしてるんだ俺は、と自問しても舌は止まらず、次第に大胆に裏側まで舐めまわし、ちゅうっと恥ずかしい音をたてて吸い上げた。

やがて放たれた精液を、雪宥は喉を鳴らして飲んだ。昨日よりもおいしく感じた。たった一日しか耐えることのできない脆弱《ぜいじゃく》な肉体が、生き返っていく。

理不尽な事態に取り囲まれ、納得できないことばかりだが、これが今の己の、命の源であることは認めざるを得なかった。

身体を起こして口元を手の甲で拭う雪宥を、剛籟坊が強く抱き締めてきた。

「うまそうに飲んだな。それに素直になった。俺の伴侶になる覚悟ができたのか？」

雪宥は困った。

覚悟など、できていない。強いていうなれば、諦めの心境だろうか。

「だって、苦しいから……」

苦しさから逃れるすべを不承不承受け入れただけで、剛籟坊との関係など考えもしなかった。

「俺も苦しい。お前が抱きたくてたまらない。触れられるのはいやか。俺を許せないか？」

剛籟坊の声は、本当に苦しそうだった。

いつもは射精をすますと、抗い疲れてぐったりした雪宥を懐に抱いて眠る。

天狗の剛籟坊は精を摂取しなくても大丈夫だと言っていたので、単に欲しくないのだろうと思っていた。雪宥の精も、肉体も。

その不公平さが雪宥をいっそう頑《かたく》なにさせていたのだが、まさか虚《むな》しい抵抗を繰り返す雪宥を気遣って、我慢していたのだろうか。

「俺の気持ちなんか、どうでもいいんだろ。最初のときみたいに、身体が動かなくなる術をかけて、好きにすればいいじゃないか」

自分でも思った以上に拗《す》ねた声が出た。

「馬鹿を言うな。お前の可愛い声や反応を、俺以外のやつらには見せたくなかったから、あしただけだ。無理強いなど、したくはない」

「……俺、すごく怖かったんだから」

雪宥は剛籟坊の背中を、ドンと叩いた。

あのときのことは、あまり思い出したくなかった。なのに、三人の天狗たちの粘つく視線が、鮮明に脳裏に浮かぶ。

大事なところを見られてしまったせいで、まるで彼らに犯されたような気になってくるほどだ。

気持ちが悪くて身震いすると、剛籟坊が腕の力をいっそう強くした。

「怯えないでくれ。二度はないと約束する」

「あんなことが二度もあったら、耐えられないよ！　どうせなら感覚も意識も、全部なくしてくれたらよかったのに！　あんなの、あんなの一番ひどい……！」

積もったわだかまりが迸って、止まらない。幾度も拳を振り上げ、剛籟坊にぶつけていたが、涙が出ると力が抜けて、がくりとうなだれた。

「伴侶は互いの精を与え合うものだ。お前の精をもらい受けるためには、意識を失わせたり、性感を消したりするわけにはいかなかった。仕方がなかったとはいえ、可哀想《かわいそう》なことをした。むごいことをさせたな」

「嘘ばっかり！　そんなことを思ってないくせに」

脱力していた雪宥は、カッとなって再び剛籟坊の背中を拳で叩いた。

彼はあれで雪宥を助けたつもりだから、哀れな生餌には感謝されて然《しか》るべきだと考えている。可哀想とかむごいとか、そんな感情があったはずがない。

「嘘ではない。あんな形で無垢を奪われて、心に傷が残らぬはずもない。可哀想だと思ったが、俺がお前にしてやれたのは、あの方法しかなかった。だから、謝ることもできん」

「なんで、謝れないんだよ。悪いと思ってないから、謝らないんだろ」

「違う。お前を傷つけるとわかっていてやったからだ。そんな男に白々しく謝られても、お前はいっそう不快になるだろう。謝るくらいならはじめからやらなければいいと、そう言って怒るはずだ。お前にこれ以上、怒られたくはない」

「……なにそれ」

雪宥は思わず殴る手を止め、唖然《あぜん》として呟いた。

悪いと自覚してやったことは謝れない、とはどういうことだ。自分の非が明らかすぎて、謝る権利さえもないと、そういうことなのか。

非を認めるのは潔いが、しかし、それはおかしい。

「悪いと思うなら、謝ってよ。悪いと思ってないのに、口先だけで謝られても意味はないけど、本当に悪いと思ってるなら、ちゃんとそう言ってくれなきゃわかんないよ」

「俺が謝っても、怒らないか？」

「うん。だってこれ以上は怒れないほど怒ってるから」

「……。悪かった。無垢なお前に、酷なことを強いた。すまない」

剛籟坊は一瞬つまってから、雪宥に謝罪した。

雪宥は檻みたいな腕のなかでもがき、隠れて見えない剛籟坊の顔を覗きこんだ。

つらそうな表情は取り繕ったものではなく、黒い瞳にも苦しさが滲《にじ》みでている。

剛籟坊の言葉は本心からのようだった。剛籟坊からも見つめられ、目が逸らせなくなってしまった雪宥は、少し口ごもりながら訊いた。

「……あいつらが証を見せろって言わなかったら、あんなことしなかった？」

「当たり前だ。村には帰してやれないが、もっとお前のいいようにしてやるつもりだった。お前が泣かずにすむように。お前に泣かれると、俺もつらい」

「な、なんだよ。急にそんなこと言って。俺を丸めこもうと思ってるんだろ」

「いつもはお前が怒るか泣くかのどちらかで、こんな話をする間がなかっただけだ。俺はずっと、こうしてお前と話したかったし、触れたかった。今日のお前は自ら進んで俺のものを吸いにきたから、少しは気持ちが変わったのかと……」

思わず雪宥は赤くなった。早く精液を飲んで楽になりたいあまりに、男の勃起した陰茎を舐めまわしたことを思い出したのだ。

あんなことをしたら、剛籟坊が期待するのも無理はない。

「剛籟坊も俺の、その……、あれを飲みたいのか？」

とんでもないことを訊いている自覚があったので、目があちこちに泳いでしまった。もし、剛籟坊が雪宥の精液を摂取したいのなら、そうさせてやるべきかもしれない。雪宥だけが与えてもらうのも——べつに望んではいないことだったが、気が引ける。

飢えから一転して満たされたときの充実感が半端じゃないので、満腹の今はとくにそう思えた。

剛籟坊は苦笑し、わずかに首を横に振った。

「伴侶とは精を交換するだけの関係ではない。人間でたとえれば、夫婦のようなものだ。わかるか？」

「わかるけど、変だ。俺たちがこうなったのは、行き当たりばったりみたいだったじゃないか。俺が山で迷ったのは偶然だし、あいつらに見つかったことも……、始まりがあんなでいきなり夫婦なんて、おかしいよ」

雪宥の抗議はあっさりと流された。

「変でもおかしくもない。子どものときに一度会ったきりだったが、俺にはお前がすぐにわかった。大人になったお前は眩《まぶ》しいほどに美しい。滑らかな白い肌も潤んだ黒い瞳も、俺の精を吸いだすこの赤い唇も、なにもかもが可愛くてたまらない」

女性なら手放しの褒めようだと喜ぶかもしれないが、男の雪宥に美しいだの可愛いだのは、通用しない。

「俺は神気とかいうのが高いらしいから、うまそうに見えるだけじゃないの」

ぶっきらぼうに憎まれ口を叩くと、剛籟坊は苦笑した。

「お前は疑り深い。いや、俺がそうさせたのか。謝ることで許されるなら、幾度でも謝ろう。だが、お前がどれほど望んでも、最初からやりなおすことなどできはしない。どうすれば、俺を信じる？　許してくれる？」

やりなおすことはできない、という言葉が、雪宥の胸を深く貫いた。

そうなのだ。雪宥の気持ちがどうであれ、雪宥はもう剛籟坊の伴侶で、彼の精がなければ生きていかれない。

伴侶なら、互いに与え合って当然なのに、今は一方通行である。

ひどいと責めてばかりいたが、自分の行いを詫びて、雪宥に許しを乞う剛籟坊は、むしろ誠実といえるのではないだろうか。

俯く雪宥を、剛籟坊はしっかりと抱き締めている。

こうして、抱き締められても、不快ではない。謝ってくれたことで、雪宥のなかに渦巻いていた怒りややるせなさが、力を失っていく。

しかし、今の雪宥にわかることといえば、それくらいだった。

「よく、わからない。どうすればいいのか、わからないよ。なにもかもが突然だったから。剛籟坊は俺が伴侶でよかったの？　天狗の伴侶のことはよく知らないけど、もっとべつに、いい人間とか天狗とかいたら……」

「お前しか考えられない。お前以外は、必要ない」

熱烈な口説き文句である。

童貞で、今まで誰ともつき合ったことすらなかった雪宥は、こんな言葉を言ったことも、言われたこともなかった。悪い気がしないどころか、嬉しいような気さえした。

少し歩み寄ってみようかと、雪宥は考えた。

だって、剛籟坊なしの生活はありえないのだし、二度と雪宥がいやがることはしないと言うし、雪宥だけを求めてくれているのだし。

「……いいよ」

散々迷った末に、雪宥はぽつりと呟いた。

「雪宥？」

「だから、いいよ。怖いけど、剛籟坊の好きにしていい。でも、俺がいやだって言ったら、すぐにやめてくれる？」

剛籟坊は信じられないことを耳にしたように、一瞬息を呑み、真意をはかろうとしてか、長々と雪宥の瞳を覗きこんでいた。

「すぐにやめるって、約束できる？」

雪宥が重ねて訊くと、嬉しげな笑みが向けられた。

ここのところ気難しい顔しか見ていなかったから、久しぶりの笑顔にぼんやりと見惚《みと》れてしまった。

「約束する。だが、お前は言わない。言うはずがない」

チラリと自信を覗かせて、先ほどまでのひたむきさが嘘のように、剛籟坊は断言する。

この人、天狗なだけに天狗になってる、とダジャレのような馬鹿なことを考えたが、口にする機会は訪れなかった。

笑みを宿したままの、剛籟坊の端整な顔が近づいてきたからだ。なにをされるかは、雪宥にだってわかる。

温かい唇が触れる前に、雪宥は目を閉じた。

初めての口づけはとても優しく始まった。もの慣れない雪宥の唇に、接吻《せっぷん》の心地《ここち》よさを刻みこんでいく。

啄《つい》ばむようだった口づけは、徐々に深く激しいものに変わり、雪宥は促されるままに口唇を開いて、剛籟坊の舌を受け入れた。

滑《ぬめ》った舌は口内を舐めまわし、怯えて奥へと引っこんでしまった雪宥の舌を搦《から》め捕《と》って、強く吸い上げる。

我知らず息を止めていた雪宥は、息苦しくなって、慌てて鼻で息を吸った。

途端に、すっかり馴染《なじ》んだ剛籟坊の甘い匂いが広がり、吸われてジンと痺れている舌の感覚と相俟って、初心な肉体に官能のさざ波が立つ。

「……ん、うぅん……っ」

雪宥は喉元で甘えた声を出し、自分からも舌を伸ばして剛籟坊の愛撫に応えた。


パシャン、と池の鯉《こい》が飛び跳ねた水音で、雪宥は我に返った。いつの間にか、淫らな記憶に浸っていたようだ。

剛籟坊はあのとき、せめて交わりだけでもやりなおそうと言った。人形として抱かれた記憶を忘れられないとしても、それを塗り替えて、少しでもいいものにしてやりたいと。

その気持ちは嬉しかったから、雪宥も素直に頷いた。だからあれが、剛籟坊と雪宥が初めて結んだ伴侶の契りなのだ。

「でも、嘘つきだった。いやだって言っても、全然やめてくれなかったし」

雪宥は単衣の袖を弄りながら、ひとりごちた。

曲がりなりにも一度は経験しているので、性交の手順はわかっていると思っていたが、それは大きな間違いだった。

本気になった男の愛撫は、雪宥には想像もできなかった衝撃的なものであり、やりなおしというよりも、本当に初めての経験といっても差し支えなかった。

剛籟坊は伴侶のすべてに触れたいと言い、全身にくまなく唇を這わし、舐めまわした。なかでも一番衝撃的だったのは、尻の狭間《はざま》の秘部に口づけられ、舌と指で念入りに可愛がられたことである。雪宥がおとなしく受け入れるはずもない。

一度しか開かれたことのない隘路《あいろ》を、野太い肉棒で貫かれたときも、肉襞を捏ねるように執拗でいやらしい摩擦を与えられ、内部への刺激だけで絶頂を極めさせられたときも、雪宥はうわごとのように繰り返したものだ。

「口ではいやだと言っていたかもしれないが、お前の肉体の声は違っていた。締めつけて離さないほど悦《よろこ》んで、気に入っていた。抱いた俺が言うんだから間違いない。お前の身体のことは、お前以上に知っている」

というのが、雪宥の「いやだ」をほとんど無視した剛籟坊の言い分だった。

官能に溺れ、はしたない声をあげつづけて悶え泣いた雪宥は、反論もできずに頬を染めた。嘘つきとなじるよりも、自分のすべてを知られてしまったことが恥ずかしかった。

あの夜から雪宥は毎日、剛籟坊に抱かれている。

交わりが濃厚すぎて肉体の休息が追いつかず、今日は尻を使わずに口で飲ませてほしいと頼むときもあるのだが、以前と違い、今は剛籟坊も雪宥の精液を飲む。

愛撫を受けているうちに、肉棒で擦られる悦びを知ってしまった後孔が疼き、やっぱりなかに入れて出してとせがんでしまうのだ。

体内に放ってもらったほうが、口から飲むよりも身体の調子がいいように思う。

少し前まで、未経験であることに焦りや羞恥を感じていた晩生の二十歳の大学生だったのに、今や天狗に抱かれてセックス三昧《ざんまい》の日々を送っているなんて、人生はなにが起こるかわからない。

「……母さんたち、どうしてるだろう。東京に帰っちゃったのかな」

雪宥は青空を見上げて、家族に思いを馳せた。

人外のものに転成するのだから、家族にはもう会えないと剛籟坊には言われていた。行方不明の雪宥は、不動山で遭難したことになっているのかもしれない。

いっとき錯乱して、家に帰してくれと剛籟坊に取り縋ったこともあったけれど、基本的に雪宥にとって、恋しくてたまらないような家族ではない。

母は再婚にあたって、できるだけ手のかからない子でいることを、雪宥に強く言い聞かせた。義父に気を使う母に気を使い、空気のごとき存在であろうと努力する妻の連れ子に、義父は喜んだ。

弟は家に呼んだ友達に、うちは三人家族だと吹聴している。姓の違う兄は、家族には入らないらしい。

そのくせ、宿題はいつも雪宥に手伝わせ、お兄ちゃんがいてよかったと、そんなときばかり調子よく笑顔で言う。

べつにいいのだ。理不尽なことには慣れている。

二十歳になっても童貞を卒業できず、そのおかげで天狗の伴侶にさせられてしまった雪宥だが、もてなかったわけではない。負け惜しみではなく。

小柄な体格は男としてマイナス要因でも、母親に似た線の細い顔立ちは、女子生徒にも人気だったと思う。

告白も幾度かされたが、つき合うに至らなかったのは、両親が男女交際に関して厳しく反対していたからである。雪宥の恋人は、いずれ妻になるかもしれず、そうなれば、土岐家の財産の分け前が減ってしまう、という世知辛いことを考えたのだろう。

大学生になると、とくに母は異常ともいえるほど雪宥の行動をチェックした。雪宥がいないときに部屋に勝手に入って持ち物を調べたり、携帯電話のメールを盗み見たりするのだ。暗証番号でロックしても意味はない。

ロックしてまで隠さなければならない秘密があるのかと逆切れされて、事態はいっそう面倒なものになる。

性的な好奇心や、早く体験したいと思う気持ちは人並みにあったけれど、このような試練を乗り越えてでもつき合いたいと思える女性には出会えなかった。

雪宥がもし童貞でなかったら、不動山の結界に拒まれ、あの居心地の悪い家で遺産をどうするか、今も揉めていただろう。

「それにしたって、よく耐えてたよな、俺」

思わず自分に感心して呟いたとき、雪宥はかすかな気配を感じた。

結界の壁を抜けて、誰かがこの箱庭に入ってきた——ような気がする。それはとても大きなもので、おそらく剛籟坊ではないかと思う。

腰かけに座って待っていると、大柄な男が屋敷のほうからこちらへ近づいてきた。着流しに懐手をして、草履を履いた剛籟坊である。

やっぱりそうだった。

昨日くらいから、なんとなく空間の開閉が感じられるようになったのだ。剛籟坊が言うには、天狗の性質が少しずつ現れてきたということらしい。

雪宥は痛む足を隠して、剛籟坊に駆け寄った。

「わかったよ、剛籟坊がこっちに入ってきたの。空気が震えた気がしたんだ。もっとはっきりわかるようになればいいのに」

「転成の速度は人によって違う。焦るな。それより、また足を引きずっていたな。草履はそんなに具合が悪いか」

剛籟坊はあっさりと見抜くと、雪宥を抱き上げ、腰かけに座らせた。

草履を脱がせて、温かい手で足を包みこみ、傷の深さを確かめている。

「たいしたことないよ」

「俺がいやなんだ。お前が少しでも傷ついているのが」

「剛籟坊は過保護だと思う」

「なにか問題でもあるのか?」

「……べつに、ないけど」

裸足の足をおとなしく預けて、雪宥は照れ笑いを浮かべた。

箱庭から脱出を試みたときの怪我《けが》も、彼はこんなにふうに丁寧に見て、優しい手つきで手当てをしてくれたのだろうと思う。

現場を知らないのは、最初の飢えに襲われた雪宥が、号泣したまま気絶するように眠ってしまったからだ。翌朝起きると、足に白い布が包帯代わりに巻いてあった。

天狗の薬はよく効くらしく、その日のうちにかさぶたも残さずに綺麗に治り、それを見た剛籟坊がよかったという表情で、小さく笑みを浮かべたことは覚えている。

そのときは、自分の運命に全力で抵抗している真っ最中だったので、礼を言いもしなかった。

歩み寄ろうと決め、身体をつなげるようになってから、礼がまだだと気づいたが、機会を逸してしまうと、改めてはなかなか言いにくいものだった。

でも、今なら言える気がする。

「……ありがとう」

正面に跪いている剛籟坊は、その唐突な礼が十日も前のことだとは思わなかったらしい。おかしそうに目元を緩ませ、検分していた足を草履の上に下ろし、膝小僧にぽんと手を置いた。

「まだなにもしてやっていない。屋敷に戻ったら薬を塗ってやる。庭を見ていたのか？」

「うん。橋を渡って向こう側までまわりたかったんだけど、足が痛くて休んでたとこ」

「では、俺が抱いていこう」

それでは散歩にならないと雪宥は思ったが、剛籟坊にひょいっと縦抱きに抱き上げられて、おとなしく首に腕をまわした。

不動山の主である剛籟坊は、雪宥のそばにずっといるわけではない。なんでも、御山を守る勤めがあるそうで、朝から不在で、雪宥が飢える直前に急いで戻ってくることもある。

そのぶん、一緒にいるときは雪宥をこれでもかと甘やかした。

鼻緒擦れを起こしていようがいまいが関係なく、どこへ行くにも抱いて運ぼうとするし、風呂に入れば頭のてっぺんから爪先《つまさき》まで洗い、着物を着せてきちんと帯も結んでくれる。

剛籟坊がいないときは、烏天狗たちが雪宥の世話を焼いてくれた。彼らにはさすがに、入浴や着衣の手伝いまではさせていないけれど。

なかでも、蒼赤は雪宥のお付きのようで、布団の上げ下ろしや着替えの用意をしてくれたり、剛籟坊がいないときには話し相手になってくれたりする。

剛籟坊に禁じられているのか、人間界の話題には口を噤まれてしまうものの、天狗界のことならなんでも教えてくれた。

嘴で囀《さえず》るその声は、オウムやインコが人間の口真似をするのに似ていて、聞き取るのにコツがいるし、黒い鳥の頭部には今でも見入ってしまうが、円《つぶ》らな瞳や、頭に小さな兜巾《ときん》をちょこんといただいているのは、どことなく愛嬌に感じられて微笑ましい。

烏天狗たちが雪宥に丁寧に接してくれるのは、敬愛している剛籟坊の伴侶だからに違いない。

しかし、連れ子の雪宥は、新しい家族の間でつねに都合のいい存在、そうでないときは空気と見なされていたから、この甘やかされっぷりが新鮮だった。

ここでは誰も雪宥を無視しない。雪宥が中心なのだ。

「今日は早かったね」

「ああ、いっときでも早くお前の顔が見たかったからな」

抱き上げられているから、顔の位置が近い。すぐそこにある熱っぽい瞳にじっと見つめられて、雪宥はまた照れた。

剛籟坊はいつも率直すぎるほど率直に、雪宥を求めてくる。

「そんなにずっと見たら、飽きるんじゃない？」

「飽きる？　お前に？　ありえない。そばにいられないときも、いつだってお前のことを考えている」

「でも、先は長いよ」

天狗は不老不死で、雪宥の外見も今のままで止まるらしい。不死だとは思わなかったが、十年以上経っても変わらない姿をしている剛籟坊という見本があったから、不老のほうは想像の範囲内であった。

雪宥がもっとも驚いたのは、剛籟坊の年齢が三百歳を超えていたことである。

それなのに、天佑坊たちに若造扱いされていたのだ。彼らはいったい何歳なのか、考えるだに恐ろしい。

「長くて結構ではないか。この先何百年何千年、お前と二人で御山を守って生きていけるのが、俺は嬉しい」

「……ううっ」

雪宥は低く呻き、剛籟坊にしがみついて赤くなった顔を隠した。褒められること、求められること、ちやほやされることに、慣れていないのだ。

ふっと笑みを零した剛籟坊は、池にかかる橋を渡りながら訊いた。

「今日はなにをしていた？　退屈しなかったか？」

「全然。午前中は本を読んでた。剛籟坊が蒼赤に託《ことづ》けてくれたんだろう？　そんなことまでしてくれると思わなかったから驚いて。すごく嬉しかった。ありがとう」

「お前が喜ぶと俺も嬉しい。ほかに欲しいものはあるか」

「今のところはないよ」

「思いついたら、言うといい」

剛籟坊は雪宥が少しでも快適に暮らせるように、心を砕いてくれる。

今朝蒼赤に届けさせたのは、雪宥が寝物語に、つづきが気になっている本がある、祖父の家に行く道中で読もうと思っていたのに、持ってくるのを忘れたのだと二、三日前に話していた本だった。

思いがけない贈り物に喜んだが、どこから調達したのかが気になった。

「ちょっと訊きたいんだけど、あの本って、俺の部屋から持ってきたのか？　もしかして、東京の家に行った？」

「いや、行っていない。力の強い天狗は、人間とは極力関《かか》わってはならない」

「え、そうなの？　じゃあ、どこから？」

「お前が完全に転成したら、教えてやる」

「またそれ？」

雪宥は唇を尖らせ、剛籟坊の背中に爪《つめ》を立てた。

人間界と接点のある話になると、剛籟坊は答えてくれない。少し落ち着いてきた雪宥に、里心がつくと困ると思っているのだろう。

実際、それは逆効果だった。人間界に未練がないかというと、大ありだ。

みんなにかまわれて、機嫌を取ってもらえる天狗界での暮らしも悪くはないが、覚悟してここに来たのではなく、なにもかもを放りだし、その後どうなったかを窺うこともできないのは、かなりな心残りである。

「お前は俺の伴侶だ。俺から離れることはできん。人間だったときのことは忘れろ」

雪宥の未練がわかったのか、剛籟坊にしては珍しくきつい言い方をした。

「そんなこと言われたって、無理だよ。俺は二十年、人間やってたんだから。ここへ来てまだ二週間も経ってないのに、簡単に忘れられるもんか。……あのさ剛籟坊、一度でいいから、家族に会わせてくれないかなぁ。遠くから見るだけでいいんだけど」

「あまりいい家族ではなかったと、お前は言っていた。戻りたくなるような家族ではないと。それでも会いたいのか」

「うん。戻りたいから会いたいんじゃないんだ。区切りっていうか、自分のなかでけじめがついたら、家族のことはもう言わない」

寒々しい関係でも、母は自分を産んでくれたのだし、半分しか血がつながっていなくても、姓が違っていても、弟は弟だ。

彼らがどうしているか知りたかった。会って話はできなくても、最後に一目見ておくらいはしておきたい。

「駄目だ。天狗と契りを交わした人間は、里には帰れないしきたりがある」

「帰るんじゃなくて、遠くから……」

「御山から出てはならんということだ。諦めろ」

「忘れろ諦めろって、そんなに簡単にはできないんだってば！」

耳元で叫ぶと、剛籟坊はさすがに少しうんざりした顔をした。

うるさいとかしつこいとか、怒られてもかまわなかった。雪宥だって、やり場のない気持ちは剛籟坊にぶつけるしかないのだ。

ふくれっ面で睨みつけている雪宥を横目に、剛籟坊はため息をつき、怒りはせずに、ふっと笑った。

「……ならば、俺が力を貸そう。家族のことなど思い出しもしないほど、存分に可愛がってやってな」

緊張が走った雪宥の身体を、逞しい腕が抱き締める。

いつの間にか、屋敷に着いていたようだ。

剛籟坊は縁側から上がり、座敷に敷かれた布団の上に雪宥を下ろした。雪宥が散歩に出る前は、きちんとしまわれていた布団である。

剛籟坊の意のままに動く烏天狗が何人もいるのだから、驚くには値しない。

自分と剛籟坊を包む空気が一気に、淫靡《いんび》なものに変わった気がする。

「まだ早いのに。こんな昼間からして、明日はどうするんだよ」

雪宥は布団に座ったまま、ぼそぼそと呟いた。

飢えはおおよそ二十四時間周期でやってくるので、たまたま早く帰ってこられたからといって、早めに抱かれてしまうと明日が困るのだ。

それに、障子を閉めてもまだ明るい座敷で、全裸を曝していやらしい行為に耽《ふけ》るのは恥ずかしい。

「心配するな。夜にもう一度抱く。抱きづめになるかもしれんがな」

「ずっとってこと？　それはちょっと、しすぎじゃない……？」

「忘れさせてやると言っただろう」

迫ってくる剛籟坊を、雪宥はつい仰《の》け反《ぞ》って避《よ》けてしまった。

剛籟坊に抱かれるのは、気持ちがいい。抱かれている間はなにもかも忘れ、彼から与えられる愉悦のことしか考えられなくなる。

だが、毎日繰り返されても、長い時間をかけて交わり、雪宥のなかで剛籟坊の存在が大きくなっても、自分が人間だったこと、家族のこと、友人たちや暮らしていた世界のことは忘れられない。二十年間の記憶は、大切に残しておきたい。

それとも、今はまだ日が浅いからそう思うのだろうか。長い長い月日が流れるうちに、残しておきたいと願ったことさえ忘れてしまうのなら、それは悲しい。

雪宥はのしかかってくる剛籟坊を見上げて訊いた。

「人間から天狗の伴侶になった人は、みんな、人間だったときのことを忘れちゃうのかな？　不動山の天狗に、そんな人はいる？」

「伴侶を持っている天狗は、ほとんどいない」

「いない？　どうして？　……あ、ちょっと待って、キスする前に教えてよ！」

「……」

布団に押し倒した雪宥の上で、剛籟坊は深いため息をついた。これから交わろうとするときに、余計なことを言ってしまった自分に後悔しているのだろう。

「転成するなら、天狗のことを知っておきたい。時間はまだあるし。いいだろ？」

剛籟坊はもう一度ため息をつくと、雪宥を抱いてくるりと体勢を入れ替えた。

5

「天狗の伴侶は、人間界から迎えた無垢な男子しかなれない。契って精を交換すれば伴侶となり、その者は天狗に転成する。無垢な男子の精が、天狗の力を増幅してくれるのは、以前話しただろう。交わらずに精だけを吸いだしていれば力は得られるから、わざわざ伴侶にまではしない」

「……ああ、生餌って、言ってたもんね」

仰向けに寝た剛籟坊の身体の上に、うつ伏せで乗せられた雪宥は、自分が不動山で襲われたときのことを思い出した。

剛籟坊が雪宥の髪を、労るように撫でてくれた。

「天狗の精を受けて伴侶となった人間は、その天狗の精でしか生きられなくなる。晴れて天狗に転成しても、それは変わらん。飢える間隔が少し遠くなるそうだが、それでも三日はもたんだろうな」

「み、三日……?」

転成したら精飲は不要になるのではないか、そのための転成ではないかと考えていた雪宥は、愕然とした。

訊いておいてよかった。新たな事実が、さりげなく発覚している。

「お前の精は俺に力を与えつづけてくれる。転成したからといって、三日も空けるつもりはない。毎日可愛がってやる」

剛籟坊は雪宥の驚きを、べつの意味に解釈したらしい。

「そんなのどうでもいいよ。じゃあ、天狗のほうは？　人間は天狗がいなかったら死ぬけど、天狗は伴侶がいなくなっても、死なないの？」

「……」

沈黙が雄弁に物語っていた。

「ずるい！　そんなの不公平だ。天狗にばっかり都合がよすぎる！」

雪宥はきっと顔を上げて剛籟坊を睨みつけ、肩のあたりを叩いた。

伴侶だ夫婦だと言いながら、生殺与奪の権は天狗にしかないのだ。生餌として死ぬまで飼うことも、伴侶として召すことも、その伴侶を殺すことさえ、思いのままだとは。

「そう怒るな」

「これが怒らずにいられるかよ！　だって、伴侶にしたけど、こいつ気に入らないなって思ったら、簡単に捨てられるってことじゃないか。捨てなくても、精を与えずに放っておいたら、勝手に死ぬんだろう。そんなの、あんまりだ」

「俺はお前を捨てたり、飢えさせたりはしない。久遠の伴侶として、大事にする」

「なんで断言できるんだよ。俺のこと、なにも知らないくせに。これから、俺の性格とか癖とか、いやなことがいっぱい出てくるかもしれない。家に帰せってうるさいし。俺なんか、伴侶にしなけりゃよかったって思う日が、来ないとは言いきれないだろ」

あれこれと文句をつける雪宥を、剛籟坊は笑いながらぎゅっと抱き締めた。

「そんな日は来ない、永遠に。お前しか必要ないと、前に言ったのをもう忘れたのか？　俺を信じろ、雪宥。毎日身体を重ねているのに、俺がこんなにもお前を可愛いと思っているのが、なぜわからん」

「だって……。だって、怖いよ……」

雪宥は口ごもり、剛籟坊の首元に顔を埋《うず》めた。

たしかに、剛籟坊は雪宥を可愛がり、大事にしてくれている。それがわかっているから、雪宥もこの特異な状況下で心を開いてみようかという気になったのだ。

だから、余計に怖かった。今はよくても、心変わりは人間にだってあることだし、自分が不要だと判断されたときに、生き延びられるすべがないのが、恐ろしくてたまらない。

もしかしたら、天狗たちはたった一人の人間と永遠に契りつづける気がなく、いつか心変わりすることを見越して、伴侶という面倒な関係を結ばずにいるのではないだろうかとか、過去には、邪魔になった伴侶を殺した天狗だっているかもしれないとか、そんな穿《うが》ったことまで考えてしまう。

「怖がることはない。お前が天狗に転成するための力は、俺が与えたものだ。俺の精がないと生きていけないお前は、俺の肉体の一部ともいえる。お前だって、その気になれば俺を殺すことができるんだぞ」

「こ、殺す……?」

「ああ。高い神通力を持つ天狗を傷つけるのは、何者であっても容易なことではない。首を落とされたのでないかぎり、傷を負わされたとしても、すぐに治すことができる。だがお前から与えられた傷だけは、治癒することができない」

「どうして?」

「天狗とその伴侶は、互いの命を握れるようになっているからだ。公平にな。伴侶を持つ天狗はほとんどいないと言っただろう。殺されてもいいと思える人間でなければ、天狗のほうとて恐ろしくて伴侶にはできん」

雪宥は再び顔を上げた。

胡乱《うろん》な目つきになってしまうのは、仕方がない。雪宥が剛籟坊を殺すだなんて、そんなことはどう考えても無理そうだからだ。

「俺がどうやって、剛籟坊を殺せるんだよ? 寝込みを襲って、刀で突き刺すとか? でも、そんなことしようと思ったら、剛籟坊だって目を覚ますんじゃない?」

「覚ますだろうな」

「俺が刺すまで、無抵抗で待っててくれるの？」

「待ってはやれんだろうな」

「どこが公平なんだよ。俺、剛籟坊の命、全然握れてないんだけど」

身体を起こした雪宥は、裾が乱れるのもかまわず、剛籟坊の腹に跨り、腕を組んで下敷きにした天狗を見下ろした。

「不公平だと言うから、公平な面もあると教えただけだ。それに、頑張って俺を殺せば、お前は俺から解放される、かもしれん。俺なしではいられないように、お前の身体を変えたのは俺だから、俺が死ねば、俺がかけた縛りも消える、ということらしい」

「かもとか、らしいとかって、なんではっきりしないんだよ」

「伴侶を持つこと自体が稀だからな。俺もそうなるだろうという話を聞いただけで、実際に前例を知ってるわけじゃない。前例になりたくもないが」

最後の最後に、伴侶側の切り札が出てきて、雪宥は驚いた。

精の摂取から解放される方法があることも、それを雪宥に教えてくれたことも。剛籟坊が雪宥ごときに遅れを取るような鈍くさい天狗でないことは承知しているし、雪宥には無理だと思うからこそ、口にしたのだろう。

しかし、非力な雪宥だとて、死に物狂いになって隙を突けば、剛籟坊を殺せる可能性がないことはないかもしれないのだ。

剛籟坊にとっては不利なことで、黙っておけばわからないのに、こうして教えてくれるのは、彼が雪宥に対して誠実であろうと努めてくれている証ではなかろうか。

雪宥は軽く首を傾げ、剛籟坊の顔を見つめた。

乱れた黒髪が白い敷布の上に散っている。少し眇《すが》められた瞳はもの憂げで、睫毛《まつげ》が意外なほど長い。立っていても座っていても寝ていても、男前だ。

人間だったらさぞかし女性にもてるに違いないが、天狗界ではどうなのだろう。

もし雪宥が下級の天狗とかで、御山の主の大天狗がこんなに恰好よかったら、憧《あこが》れると思う。女性がいない世界だから、恋愛感情だって抱いてしまうかもしれない。

「伴侶になるのは人間だけって言ってたけど、天狗同士でそういう関係になることはないの？　告白されたり、つき合ったりとか」

「なくはない。伴侶の誓いを立てて契り合う者もいるが、それはただの真似事で、正式には認められない。天狗同士だと、肉体の交わりは性欲を満たし合うだけで、命にかかわるものではないからな」

「真似事って、本人たちは真剣なんだろ？」

「どんなに真剣に誓いを立てても、真の伴侶でなければ、破るときは簡単だ。そんな軽々しいものと、俺がお前と結んだ契りを同義にはされたくない。俺がどれだけお前に真剣であるか、わかっているか？」

自分も天狗のくせに、剛籟坊は天狗同士の恋愛を軽々しく考えすぎじゃないか、と思っていた雪宥は、予期せぬ問いが返ってきて、ちょっと顎を引いた。

互いの命を預けるような関係なのだから、これ以上ないほど真剣なのはわかる。だが、その関係は二人が望んで始まったのではない、ということが問題なのだ。

剛籟坊の外見的な魅力や、誠実な内面に惹《ひ》かれてはいるけれど、雪宥は人間をやめてまで天狗になりたいと思っていなかった。つまり未練がある。

剛籟坊は雪宥を気に入ってくれているようだが、その根拠がいまひとつよくわからない。雪宥でなければならない理由が。

「……剛籟坊は優しいし、俺を気遣ってくれてるのはわかってる」

身構えているのが丸わかりな返答に、剛籟坊は苦笑を洩《も》らした。寝転んだままで、器用に両肩を竦めてみせる。

「お前を悲しませたり苦しめたりするような真似は絶対にしない、と口で説明しても駄目か。お前の不安を消す方法を考えねばならんが、これしか思い浮かばん」

剛籟坊が右手で剝きだしになった雪宥の膝頭を撫で、左手で単衣の襟を摑んで脱がそうとした。

「あ、わ……っ」

雪宥は思わず、腹の上であとずさろうとした。

「逃げるな、雪宥。今日はもう七晩目だぞ。まだ慣れないのか？」

「だって、いつもと違う……！」

赤い顔で、雪宥は胸元に入りこんできた剛籟坊の左手を、両手で摑んだ。いやらしい右手が裾をまくり上げ、膝から太股を撫でまわしているが、そっちまで手がまわらない。

いつも脱がされるときは、雪宥が下になっている。向かい合っていたり、うつ伏せや四つん這いにされたりもするが、剛籟坊は上から見下ろしていて、力強い四肢で押さえつけた獲物をじっくりと味わい、貪《むさぼ》り尽くすのだ。

それが、上下が逆になっただけで、なぜかひどく恥ずかしかった。

「お前を見上げるのも、いいものだな」

剛籟坊は気に入ったように言うと、単衣を肩から落とし、雪宥の上半身を露《あらわ》にした。下半身も先ほど剛籟坊に裾をまくられたせいで、両脚のつけ根と陰茎が覗いてしまっている。

雪宥に下着の類は与えられていない。ご伴侶さまはいつでも剛籟坊さまがお望みのときにお応えできるよう、交わりの準備をなさっておかねばなりません、と蒼赤が言っていた。

「いい眺めだ」

「あ、やだっ……！」

雪宥は陰部を隠そうと手を伸ばしたが、剛籟坊に両手とも搦め捕られ、しっかりとつながれてしまう。

腹の上から下りようと腰を浮かしても、そう簡単に下ろしてはもらえない。帯で止まっているに過ぎない単衣がいっそう乱れ、剛籟坊の視線がねっとりと肌にまとわりつく。

性のすべてを剛籟坊に教えられている雪宥は、淫らな視線で弄られただけで肌を火照らせ、もじもじと身を捩った。

剛籟坊は右手を離し、人差し指の背を雪宥の乳首の下に当てた。

「……っ」

雪宥は一瞬、呼吸を止めた。

はじめはくすぐったいだけだったのに、すっかり感じやすい性感帯へと変えられ、不意の刺激を恐れて身動きもできなくなる。

「淡い珊瑚《さんご》のような綺麗な色をしている。……ああ、少し尖ってきたな。色もいいが、形も可愛い」

期待と興奮で、むくりと突きだしてきた乳首を、剛籟坊は指の背で軽く持ち上げ、親指で挟むようにして押しつぶした。

「やっ、んん……っ！」

じんとした痺れが背筋を駆け抜けた。身体が跳ねた拍子に乳首が引っ張られて、慌ててもとの位置に戻す。

剛籟坊はつないでいたもう片方の手も解き、両手で双の突起を弄り始めた。くすぐるように転がし、指で摘《つま》み上げる。

「あっ、あぅ……んっ」

雪宥は目を閉じ、剛籟坊の腹の上で腰を揺らした。

乳首はもちろんのこと、陰茎も単衣の布に擦られて気持ちいい。自分で見る勇気はないが、きっと元気に勃《た》ち上がっているだろう。

まだ若く、セックスを覚えたばかりとはいえ、毎日毎日、自分でも呆れるほどに欲望は尽きない。

「よく感じるようになったな。雪宥、吸わせてくれ」

「……？」

吸いたいときには勝手に吸いにくるくせに、わざわざ乞う意味がわからず、雪宥は瞼を押し上げた。

乳首から離れた手に無言で腕を前に引かれて、ようやく剛籟坊の求めていることを悟ってうろたえる。

とろりと溶けた視線の先には、欲情を湛えた男の瞳がじっとこちらを向いていた。

火照った雪宥の顔、つんと生意気に上向いた両の乳首、そして、布を掻きわけるように突きだして震えている陰茎を、舐めるように見つめ、視線で犯す。

見られたくないけれど、どこをどう隠せばいいのかわからない。

わずかに開かれた剛籟坊の唇を見て、雪宥は身震いした。あの口に自分から乳首を含ませるなんて、できそうもない。

だが、そうすれば、この焼けつくような視線からは逃げられる。

「こっちに来い、雪宥」

「恥ずかしいから、やだ……」

そう言いながら、雪宥はゆっくりと上体を倒し、敷布に肘をついて身体を支えると、剛籟坊の口元に乳首が来るよう、位置を調節した。

押しつける前に、熱い舌が迎えにきてくれている。

「んんぅっ！」

下から吸いつかれて、雪宥はびくんと腰を跳ね上げた。

硬く尖った突起が、唾液を絡めた舌に舐められ、せわしくなく転がされた。湧き上がってくる快感の大きさと、自分が取っている恰好の淫らさに後悔が押し寄せたが、背中を抱き締められていて、もう抜けだせない。

音がするほど吸いだされると、身体の力が抜けていく。

「あん、あぁっ！　や、やだ……んっ！　もう、支えて、られな……っ」

黒い髪に鼻先を擦りつけて、雪宥は音を上げた。

肘が崩れ落ち、剛籟坊の顔を胸で押しつぶしてしまうと思ったとき、ふわっと身体が浮いて体勢が逆転した。

乳首を吸われて悶えているうちに、帯が解かれていたようで、すっかり脱げて背中の下でわだかまった単衣を剛籟坊が引き抜き、布団の横に放りだす。

昂《たかぶ》りかけてうねる姿態を見下ろしながら、剛籟坊も衣服を脱ぎ捨てた。しなやかな筋肉に覆われた体軀《たいく》が露になる。

広く硬そうな胸に引き締まった腹、滑らかな肌、勃ち上がっていなくても、充分に大きくて立派な男性器。

自分ならばこうなりたいという、雪宥の理想を具現したような男だ。

小柄で貧相な己の肉体が恥ずかしくなった雪宥は、両腕を使って胸元や陰部を覆った。できるなら、横を向いてしまいたい。

しかしそれは、剛籟坊のお気に召さなかったらしい。

「なぜ隠す。全部見せろ」

剛籟坊は不満げに唸ると、邪魔な雪宥の腕を取り払った。

「だって俺、瘦《や》せてるし、綺麗じゃないから」

「鏡を見たことがないのか？　俺の伴侶は誰より美しい」

「……嘘ばっかり」

そう言ったものの、褒められて悪い気はしなかった。

ひたと見つめてくる黒い瞳には、困惑が滲んでいる。心からそう思っているのに、疑り深い伴侶にどうやって信じさせたらいいのかわからないとでも言いたげに。

雪宥は所在なく身体の横に添わせていた腕を、剛籟坊に向かって伸ばした。

のしかかってくる男の重みや、肌の温もりが心地よい。剛籟坊の唇が首元から鎖骨を這い、ときおり強く吸い上げてきた。

残された赤い跡は、彼がいないときも雪宥に彼の存在を思い出させるための所有の証だ。

「お前の身体はどこを舐めても甘い。舌が溶けそうだ」

「俺、おいしい……?」

「ああ、とても」

雪宥はうっとりと、剛籟坊が肌をまさぐるに任せた。

おいしくてよかった。そう思われているうちは捨てられる心配がないし、己の命の支配権を取り戻すために、この頑健な肉体を持つ天狗に勝ち目のない戦いを挑まずにすむ。

もう一度左右交互に乳首を吸い弄り、雪宥を喘がせた剛籟坊は、天を仰いでいる陰茎を手のひらで包みこんだ。

「こんなに硬くして。蜜が零れてしまっている」

「ご、ごめん……」

ここから出るものは、すべて剛籟坊に捧げるべきものだった。

剛籟坊の精しか摂取しない雪宥には、陰茎も後孔も排泄器官としての役割は失われており、剛籟坊に可愛がられ、精気を交換するためだけに存在する器官へと変化している。

「謝ることはない」

小さく微笑んだ剛籟坊は、すぐに口に含んでしゃぶり始めた。

「あっ、あっ……うぅんっ！」

裏側をねっとりと舐め上げられて、甘い声が出た。

剛籟坊の口腔は熱く、ぬるぬるした舌が屹立に絡みつく。唇が上下に動き、膨らみきった陰茎を扱き上げた。

跳ねまわろうとする腰は押さえこまれ、快感から逃げることを許されない。

「ふ……うっ、あぁ……っ」

敷布をさまよっていた雪宥の両手が、剛籟坊の髪を摑んで掻きまわした。

舌先が括れをくすぐり、先端の孔を抉《くじ》っては、前触れの体液を舐め取っている。湿った淫らな音が、雪宥を耳からも犯していた。

身体中が熱くなって、口淫の先に待っている場所へ駆け上ろうとする。

しかし、剛籟坊は巧みに追い上げては休ませ、堪え性のない雪宥の性器を少しでも長く味わおうとした。

剛籟坊の肉棒にむしゃぶりついたことのある雪宥だから、味わいたい気持ちはわかるのだが、焦《じ》らされすぎると苦しくなってくる。

「くぅ……ん、もう、やだ……。い、いきたい……よぅ」

苦しい声で訴えると、剛籟坊は許可を与えるように強く吸い上げた。

瞼の裏に光が散って、腰が浮く。

「やぁっ、いく……いっちゃう、……っ、んんーっ！」

雪宥は両脚を突っ張らせ、剛籟坊の頭を股間に押しつけながら絶頂に達した。

断続的に噴き上げる精液を、剛籟坊が慣れた様子で受け止め、喉を鳴らして啜り飲んでいく。唇から零れ落ちた滴は、舌を使って丁寧に舐め取った。

吐精してくたりとなった陰茎を名残《なごり》惜しげに離した剛籟坊は、荒い息を吐いている雪宥の両脚を広げ、膝裏を持って押し上げた。

二人がつながる大事な秘所が露になる。

「あんまり見ないでよ……」

力の入らない身体を赤く染めて、雪宥は抗議した。

「なぜだ。可愛らしい桜色をしているぞ」

「そういうこと言うのが恥ずかしいんだってば！　あの……、やっぱり今日もここ、な、舐めちゃう……？」

「当たり前だ。なかまで舐めてやる。そのほうが俺を受け入れやすいだろう」

「ひぁっ！　は……うぅ、いやぁ……っ」

見られているだけで、ヒクヒクと動いてしまう窄まりに激しく口づけられて、雪宥はくっと頤《おとがい》を上げ白い喉を曝した。

剛籟坊は唇を強く押しつけ、表面を舐めては吸い上げ、尖らせた舌先を内部に差し入れてくる。唾液で滑る舌を、締めだすことなどできない。

雪宥がどんなにいやがっても、剛籟坊はそこを舐め溶かすのをやめようとしない。天狗との交わりは快感しかもたらさないと言ったのは剛籟坊だし、最初に犯されたときは指で少し慣らされただけでも大丈夫だった。

だから、こんなに念入りに解すことが必要だとは思えないのだ。

「ん、ふ……、やめて……。は、恥ずかしい……」

障子越しに差しこむ夕日が、部屋をオレンジ色にしている。自分の取らされている恰好にいたたまれなくなって目を閉じれば、感覚が愛撫を受けている部分に集中した。

「あっ、ああ……っ、あうぅ……！」

堪えようと思っても、甘い声が喉から出てしまう。

恥ずかしいのに、気持ちいい。舌と一緒に入ってきた男の太い指の硬さが嬉しくて、内壁が絡みついた。

うなだれていた雪宥自身は、瞬く間に力を取り戻していた。

埋められている二本の指は、なかを緩く掻いたり、叩いたりしつつ、雪宥のいいところを探っている。このままでは、もう一度達してしまうかもしれない。

——でも、我慢しなくちゃ……！

雪宥は奥歯を嚙み締めた。

快感が鈍ることはないが、射精の回数が多くなると、最後はほとんど出なくなり、雪宥も疲れ果てて、翌日に影響が出る。

尻を愛撫していた唇と指が離れ、ほっとする間もなく、勃起した性器を摑まれた。

「ん、やだ……」

我慢しているのに触らないでくれと言おうとして、重い瞼を上げた雪宥の視界に、赤い組《くみ》紐《ひも》が飛びこんできた。両端に房がついている。

「気をやるたびに精を漏らしていたら、さすがにお前の身がもたん。出さずにいけるように、身体に教えてやる」

ぎょっとした雪宥は、思わずずり上がって剛籟坊から離れようとした。

精液を出さずに達する方法があるなんて、聞いたこともなかった。

剛籟坊は優しげな声を出しているが、その方法を習得するには、苦しさが伴うに違いない。

紐の使い方など、ひとつしかないからだ。

「い、いやだ！　剛籟坊、やめて……、俺がちゃんと我慢するから。そんな怖いこと、させないでよ……！」

「お前ならすぐに覚えられる」

「すぐでも、いや……っ、……あぅ！　勝手に括《くく》るな、外せよ！」

もがく雪宥の抵抗を押さえつけて、剛籟坊は屹立の根元を紐で戒めた。

「これでいい」

「んんっ、痛い……外してよ、苦しい……！」

指を伸ばしたものの、固く結んであるので雪宥には解けず、紐を弄ると性器にも刺激が伝わって余計に苦しくなる。

その状態で脚を開かれ、後孔に熱いものがあてがわれた。

「力を抜いていろ」

紐を解くことを諦めた雪宥は、もたげていた頭を敷布に擦りつけて挿入に備えた。痛みはないとわかっていても、剛籟坊の大きさを知っているから、入ってくるときは少し怖い。

「……ん、んっ、……ふ、くぅっ……！」

小さな窄まりが押し開かれていく感覚は、独特のものだ。肉と肉が擦れ、自分のなかに他人が入ってきて、ひとつになる。

剛籟坊はじっくりと腰を進め、時間をかけてすべてを埋めこんだ。

「うぅっ」

雪宥は敷布に爪を立てて呻いた。

さっきまで怖くて身体を強張らせていたはずなのに、もう気持ちよくなっていた。内壁が喜んで、呑みこんだ硬い男性器に絡みついていく。

剛籟坊が軽く突き上げてきた。

勃起した肉棒で柔らかい粘膜を擦り、ときおり奥まで深く差し入れて、ぐりぐり円を描くように捏ねまわす。

「あっ、んっ、んぅ……っ」

密着感が強くなり、甘く鳴いた雪宥は、無意識に両脚を剛籟坊の腰に絡ませた。

男の竿《さお》の太さと長さ、エラの張り具合がよくわかる。大きいのに雪宥のなかに誂《あつら》えたみたいにしっくりきて、腰の芯《しん》がじんと痺れてきた。

「そう締めつけるな」

含み笑いをした剛籟坊にたしなめられて、雪宥の眉根が寄った。

「あぅ、うっ、だって……っ」

力を抜こうとしても、快感がそれを拒む。

擦られる愉悦を知っている肉襞は、雪宥がどんなに頑張っても硬茎に絡むことをやめず、奥まで入っているのに、さらに深く引き入れようと蠢《うごめ》いている。

「可愛いことをする」

剛籟坊は絡みつく媚肉をいともたやすく振りきり、粘膜をこそげるように出し入れを繰り返した。

「やぁ……っ、あぁ、ん……あっ、あっ」

肉の擦れ具合の激しさに、雪宥は淫らな声をあげてしまう。

動きに合わせて拙《つたな》く腰を振り、後孔を締めつけると、剛籟坊の腰遣いはさらに大胆になった。角度を変えて突き上げ、雪宥の反応を探っている。

「く、うっ、うう……っ」

雪宥は苦悶に顔を歪《ゆが》めた。

紐で括られた性器が腹につくほど反り返り、ジンジンと痛みを訴えている。本当に精を出さないまま極めることができるのか、不安だった。

その不安が肉体に躊躇を生んで、ほんの少し感度が鈍る。

しかし、剛籟坊は容赦なく、雪宥の弱みを突き上げてきた。

緩く掠めただけで腰が跳ね上がるくらいに感じるところを、何度も念入りに擦り上げ、絶頂に追いたてようとしている。

「ああっ、あっ、やめて……！　そこはいやっ、怖い……、いやぁ……っ！」

もがいて叫んでも、剛籟坊の動きは止まらない。

強制的に堰き止められていなければ、とっくに達してしまっていたはずだ。達くに達けなくて、雪宥はぽろりと涙を零した。

のたうちまわるほど苦しくて、頭がおかしくなるほど気持ちいい。

力強い律動を受け止め、後孔をぎゅっと締め上げて野太い肉棒に圧力を加える。

「あっあっ、あーっ！」

摩擦が強くなったその瞬間、たしかに雪宥は絶頂に達していた。

頭のなかが真っ白になり、弓なりに反った身体が痙攣《けいれん》する。まるで全身が性器になったかのような、すさまじい快感であった。

精液を出してしまえば、とりあえずは治まる通常の射精と違い、いつまでも終わらず、次から次へと大きな波が襲ってきて、上ったところから下りてこられない。

腰を跳ね上げて愉悦に翻弄《ほんろう》される雪宥を、剛籟坊が愛しげに抱き締めてきた。

「雪宥、よくできた。頑張ったな」

「う、うぁ……、……っ」

背中を撫でられ、優しく褒められても、雪宥はそれどころではなかった。

胸を合わせる体勢になり、挿入の角度が変わっている。

奥深くまで埋めこまれた剛籟坊は、逞しいままだ。うねる肉襞がその硬さを味わってしまうから、落ち着きたくても落ち着けない。

「いきたいだけ、いくといい。無理に抑える必要はない」

「い、やっ……！　もう、ぬ……ぬいて……」

「駄目だ。いきながら、俺の形を覚えろ。いつでもこうしていけるように、いき癖をつけてやる」

もう覚えている、と雪宥は言いたかった。

雪宥のなかに入ってきた男は、剛籟坊だけ。七日間毎晩抱かれ、交わりは一度では終わらないのだ。

ひっきりなしの収縮が治まるまで、剛籟坊は雪宥の髪を撫でたり、顔中に口づけたりしながら待ち、呼吸が少し落ち着いてくるのを確認すると、おもむろに動き始めた。

「ん、あ……！　まだ、だめ……っ、だめ……！」

雪宥は剛籟坊の背中や腕を、掻き毟ってもがいた。

抜けでる剛直に張りつくように肉襞が追いかけ、突き上げられて奥に戻される。練られて一度目よりもねっとりと絡む粘膜に、剛籟坊も感じているのか、はちきれんばかりに膨らんでいるのがわかった。

一突きごとに、また先ほどの目も眩《くら》むような瞬間に近づいていき、雪宥はもはやなにも考えられなくなった。

「あぁ、あぅ……ん、うぁ……っ」

正気であれば羞恥で耳をふさぎたくなるような、淫らで意味をなさない声をあげつづけていることさえ気がつかない。

堪えようと思っても、絶頂は容赦なく雪宥を呑みこむ。

「また、いったな。いい子だ、雪宥」

跳ねまわる細い身体を腕のなかに囲って、剛籟坊は満足そうに言う。

休むことは許されず、のぼりつめては少し落ち着き、またのぼりつめるということが何回かつづいた。区切りがあるのか、達きつづけているのか、よくわからない。

愉悦のすさまじさに、自分では動けなくなっていた。射精を許されない雪宥自身は、勃ち上がってピクピクと震えている。

「い……やぁ、たすけ、て……、もう、いきたく……ないっ、こわれる……っ！」

雪宥は剛籟坊にしがみついて、啜り泣いた。

達しすぎて下腹部も脚も、小さく痙攣している。こんなに何度も訪れて、そして長引く絶頂は未知のものだ。終わりが見えないのが恐ろしい。

「これ以上は身がもたんか。……出していいぞ。俺もなかに放ってやる」

ぼんやりした頭で意味を理解した雪宥は、後孔に力を入れ、疲れを見せない剛籟坊の逞しい肉棒を強く締めつけた。

あまりの快感に涙が零れ、いまだかつて覚えがないほど性器が熱くなっている。

根元を戒めていた紐が、解けた。

一瞬宙に浮いたようになり、浮かした尻の奥を剛籟坊に深々と突き上げられる。

「くっ、う……っ！」

雪宥は奥歯を噛み、低く呻いた。精を吐きだす、馴染んだ絶頂のはずなのに、いつもより も深い。

ぎりぎりと食い締める肉襞のなかで、剛籟坊の怒張も激しく脈打って爆《は》ぜ、勢いよく白い飛沫《ひまつ》が放たれた。

「あぁっ、……ああぁっ！」

流しこまれているのは、雪宥の命だ。

身体がそれを覚えていて、一滴も零さないように奥へ奥へと吸い上げていく。濡れていく感触と、秘肉を焼く熱さに陶然となり、もう一度達してしまう。

出したばかりだから、射精はない。それでも、たしかにのぼりつめている。

「……俺のことだけ考えていろ、雪宥」

剛籟坊が低く囁いた。

連続した絶頂の大きな渦に巻きこまれている雪宥には、その声は聞こえず、やがて力尽きたように剛籟坊の腕のなかで気を失った。

6

天狗館は雪宥が想像していた以上に、すごい城だった。

白い城壁が優美な六層の建物で、大きくて立派な館が建つのは、その山の主である大天狗の神通力の高さを示しているらしい。

快楽責めで丸めこまれてなるものかと頑張りつつ、多少の譲歩もして、家族に会わせろとはもう言わないから、せめて箱庭からは出してほしいと頼みつづけて一週間。

転成はまだ途中だが、結界を抜けるすべを習得したのをきっかけに、雪宥はようやく天狗館に居を移すことを許された。

剛籟坊のような力の強いものだけでなく、烏天狗の出入りもわかるようになったため、箱庭の屋敷の閉ざされていた玄関を試しに開けてみたら、開いてしまったのだ。

一番驚いたのは雪宥である。玄関の向こうは、以前見たときと同じ真っ暗闇だった。道どころか、地面があるのかどうかもわからない。

しかし、雪宥を守るための結界なのだし、雪宥に害をなすような事態にはなるまいと思い、おそるおそる足を踏みだし暗闇のなかを歩いたら、先に明かりが見えて無事に通り抜けることができた。

出た先は、広い部屋だった。一度しか通ったことがないので、よく覚えていないのだが、おそらく天狗館の剛籟坊の部屋だと思われた。というか、箱庭は剛籟坊の部屋とつながっていると、剛籟坊自身が言っていたのだから、それ以外は考えられない。

「やった！　一人で通れたんだ！」

なんともいえない達成感があり、拳を突き上げ小躍りしながら歓喜していると、蒼赤が慌てふためいて飛んできた。

「雪宥さま！　結界を通り抜けたのでございますか！」

丸い黒い瞳をさらに真ん丸に見開いているのが可愛くて、雪宥は微笑んだ。

「うん、なんかそうみたい」

「ご勝手をなさってはいけませんぞ、雪宥さま。剛籟坊さまにお叱《しか》りを受ける前に、箱庭にお戻りくだされ」

「いやだ。せっかく出たのに、絶対戻らない」

雪宥はふんぞり返って言った。鍛えられた蒼赤の身体は筋骨隆々としているが、剛籟坊と違い、雪宥を無理やり抱き上げて連れていくといった強引な真似はできない。

「剛籟坊さまのお言いつけを守らなかったと知れたら、どのようなお怒りを買うか……いえ、雪宥さまは大丈夫でございましょう。しかし、この蒼赤はただではすみますまい。なにとぞお慈悲を。お頼み申します」

烏天狗は黒い頭をがっくりと下げ、情に訴えかけてきた。

「じゃあ、蒼赤を怒らないでって、俺が剛籟坊に頼んであげる。外にも出ないでいてあげるから、この館を案内してくれないかな？」

「滅相もございませぬ。ささ、雪宥さま、箱庭へお戻りを」

「もう出ちゃったんだから、いいだろ。ええっと、たしか、こっちの襖を開けたら廊下に出るんだよね。あっちの襖はなに？　べつの部屋？」

蒼赤にはかまわず、雪宥が気になる襖を開けると、そこはなにもない細長い部屋だった。入ったのとは逆側にある漆塗りの引き戸を開けた雪宥は、思わず息を呑んだ。

青い大空が目に飛びこんできたからだ。箱庭の屋敷が平屋だったから、そことつながっている剛籟坊の部屋も一階のような気がしていたが、空はかなり近い。

引き戸の向こうには広々とした露台が張りだしており、恐ろしいことに柵《さく》がなかった。

「雪宥さま、なりませんぞ！」

引き留める蒼赤を振りきって板張の床に出た雪宥は、縁に立って下を覗きこみ、へなへなと腰を抜かした。

地上など、どこにもない。天狗館は断崖絶壁の上に建っており、はるか下に見えるのは、波のしぶきを上げている海だった。

「……なにこれ。落ちたら死ぬって。……あ、天狗は翼があるから平気なのか」

「露台から出入りできるのは、主の剛籟坊さまだけでございます。空間に呪《じゅ》がかけてありますゆえ、主以外は立ち入ることができませぬ」

へたりこんでひとりごちる雪宥に、そばまでやってきた蒼赤が言った。

「呪って、館に張ってある結界とは違うの？」

「少々違いますな。結界は区切りで外からの侵入者を阻んで、なかの者を守る、あるいはなかの者を閉じこめるもの。呪は外敵を祓うのろいでございます」

結界だ呪だと、いろいろややこしいなと顔をしかめたとき、聞き慣れた羽音がかすかに耳に入った。見上げてみると、まだ遠いが、大きな白い翼が確認できた。

慌てたのは蒼赤である。

「ご、剛籟坊さまがお帰りに……！　きっと雪宥さまの脱走を察知なされたのでしょう。雪宥さま、せめてなかへ！」

「腰が抜けて立てない。それに、きっともう見えてると思うよ」

そう言っている間にも、羽音を響かせた剛籟坊は恐ろしいスピードで館までの距離を縮め、足音もたてずに露台にふんわりと下り立った。背にたたまれた翼がさっと消え、名残のように白い羽根がいくつか雪のように舞い落ちる。

非常に幻想的で美しい光景でもあったが、素直に感心してはいられなかった。

「お、お帰りなさい……」

不機嫌な顔で睨み下ろされ、雪宥は口ごもりながら呟いた。どこにいたのか知らないけれど、戻ってくるのが早すぎると思う。

「なにをしている。箱庭から出るなと言っただろう。……蒼赤」

「申し訳ございませぬ！　雪宥さまが結界を抜けられるまでに転成なさっているとは思いませず、私の不行届きでございます」

びくっとなった蒼赤は慌ててかしこまり、額を板に擦りつけて謝った。

「蒼赤を叱らないでよ！　俺が勝手に出てきたんだ。前は出ようと思っても、扉が開かなかった。でも、今日は開けることができたし、真っ暗で気持ちの悪い道も、ちゃんと一人で歩けたよ」

蒼赤を庇《かば》おうと、震える脚でなんとか立とうとした雪宥を、剛籟坊が抱き上げた。顔も口調も怒っていても、動作は優しい。

「出られるかそうでないかは、問題ではない。俺は出るなと言った」

その言い種に少しカチンときて、雪宥は口答えした。

「俺は出たいって言った。これって、俺のせい？　檻に閉じこめられたペットだって、入り口が開いてたら外に出るよ」

「……では、結界をもっと強固なものにしよう」

「それは駄目！」

雪宥は部屋に入ろうとする剛籟坊に抵抗し、腕のなかから飛び下りようとしたが果たせず、仕方なく抱かれたまま腰を捩り、近くの柱にしがみついた。猿回しの猿のごときみっともなさでも、気にはしていられない。

蒼赤がおろおろして、黒い嘴を開いたり閉じたりしている。蒼赤だけでなく、主の急な帰還を知って飛んできた烏天狗たちの姿も見えた。

ここが踏ん張りどころである。箱庭に戻されたら、二度と出してはもらえまい。

「箱庭に不満があるのか。なんでも揃えてやると言っただろう。なにが欲しい？」

柱から引き離そうとしながら、剛籟坊が心持優しげな声を出した。

「なにも欲しくない。あそこは過ごしやすくていいところだけど、俺は外に出たいんだ」

「箱庭にも野山はあろう。見飽きたのなら、新しく造り変えてやる」

「だから、そういう問題じゃないんだってば。箱庭にいたって、天狗の世界のことなんか、なにもわからない。剛籟坊は不動山の主なんだろう？　俺は剛籟坊の伴侶なんだから、もっと自由にこの山のなかを出歩いてもいいと思うんだけど」

「伴侶は気安く出歩かぬものだ」

「完全に転成するまでは駄目ってこと？　転成中は具合が悪くなることがあるかもしれないって言ってたけど、俺は平気だよ。元気だし、結界だって抜けられるほど順調に転成してきてる」

「順調なのは喜ばしいが、転成は関係ない。お前は連れ合いではない天狗、つまり俺以外に姿を見せてはいけない」

むっとした雪宥は、摑んだ柱を支えに思いきり暴れて剛籟坊を蹴りつけ、腕の力が緩んだ隙に飛び下りた。

露台と剛籟坊の部屋の間にある細長い部屋で、柱を挟んで剛籟坊と睨み合う。

「なんで見せちゃいけないんだよ。剛籟坊以外って、天佑坊とかそういう天狗のこと？　それなら、もう見られてるじゃないか。……むしろ、剛籟坊が見せたんじゃないか。俺は見られたくなかったのに！　今さら遅いよ」

大広間での凌辱は、記憶に新しすぎた。そして、何十年と時が経とうと忘れることはないだろう。

剛籟坊は一瞬瞼を伏せ、つらそうな顔を見せた。

「あのときは致し方なかった。二度と、あいつらの目にお前を触れさせはしない」

「箱庭に閉じこめて？　そんなの不公平だ。俺ばっかりが我慢させられてる」

「お前を思えばこそだ。箱庭ほど安全な場所はない。御山を歩くなど、まかりならん。俺が心配していることが、なぜわからんのだ」

剛籟坊の声は苦しそうだったが、雪宥はほだされたりしなかった。心配性の剛籟坊につき合っていたら、永遠に箱庭暮らしを強いられるに決まっている。

「剛籟坊が俺を守ってくれてるのはわかってる。じゃあ、外には出ないって約束するから、ここに住みたい。ここは剛籟坊しか出入りできないって、さっき蒼赤が言ってた。呪がどうのこうのって、よくわかんないけど。つまり、ここも安全ってことだよね？　この部屋を俺の部屋にしてよ」

雪宥はもう、絶対に箱庭には戻らないという決意で言った。

出入りを自由にさせてくれるなら、箱庭の屋敷で寝起きをしてもいいが、そうなると、剛籟坊の機嫌を損ねたときには、簡単に閉じこめられてしまう。

「馬鹿なことを言うな」

「剛籟坊はここからどこかへ行ったり、帰ってきたりするんだろう？　俺がここにいて、行ってらっしゃいとお帰りなさいをしてあげる。着つけを蒼赤に教えてもらったら、着替えも手伝う。ほかにもしてほしいことがあれば、努力するよ」

「そんなことはしなくていい。お前は箱庭で、好きなことをしていればいいんだ。そのほうが、俺は安心できる」

好きなことをと言われても、本を読むか、散歩をするくらいしかやることがない。本も雪宥が頼んだ一冊しか与えられず、毎日退屈でたまらない。時間を持てあますあまり、掃除や洗濯にだってチャレンジしてみたいと蒼赤に願いでたこともあったが、それは烏天狗よりもさらに下位の天狗たちの仕事で、伴侶のすることではないときつく言われていた。

では、伴侶のすべきこととはなんだろうと雪宥は考え、先ほどの提案に行きついた。

「俺が信用できない？　逃げだすと思ってる？　ここにいたって、俺は安全だよ。剛籟坊がいないときは、蒼赤や白翠たちが守ってくれるから。俺は剛籟坊の伴侶なのに、剛籟坊がなにをしてるかわからない。どこへ出かけてるのか、箱庭の屋敷に来てくれるまで、いつ帰ってきたのかも知らない。そういうのって、おかしいと思う」

「……おかしい」

剛籟坊が鸚鵡返《おうむがえ》しに呟くなど、珍しい。

心を揺さぶられているのかもしれない。雪宥は勢いこんでまくしたてた。

「おかしいよ！　出かけるときは、せめて行き先くらい教えてほしい。剛籟坊はいつも俺の世話ばかり焼いてくれるけど、剛籟坊だって自分の部屋でのんびりしたり、昼寝したりするときはあるんだろう？　ここに住めば、そういうのもちゃんとわかる。あ、邪魔をするつもりはないよ、一人の時間って大事だもんね。でも、昼寝してるんだってわかれば、俺だってさ、今日は遅いなぁ、なにか問題でもあったのかなぁって心配せずにすむわけ。そんでもって、俺も鬼じゃないから、疲れてるんなら、今日はあんまり駄々捏ねないでいてあげようとか、ちょっとサービスしてあげようかなとか思うかもしれない。俺に手がかからなくなったら、剛籟坊も大助かりだよ。いいことばっかり！」

びしっと言いきると、その場には沈黙が舞い降りた。

腕を組んだ剛籟坊は無表情に雪宥を見下ろし、烏天狗たちは固唾《かたず》を呑んで成り行きを傍観している。

やがて、懸崖《けんがい》に打ちつける波の音に紛れて、剛籟坊が小さく呟いた。

「俺は昼寝などしない」

期待外れの短い返事に、雪宥はガクッとうなだれた。

「……大事なのはそこじゃないんだけど」

「お前に手をかけさせられたと思ったこともない」

「そうなんだ……」

外へ出せ外へ出せと、剛籟坊の顔を見るたびにせがみ、甘えてみたり拗ねてみたり、皮肉を言ったりおだててみたりと、あの手この手で牙城《がじょう》を突き崩そうと試みていたが、効果はなかったようだ。ちょっと虚しい。

「だが、お前がそこまで言うなら、部屋替えを考えよう」

「……！　ほ、本当？」

まさかの大逆転に飛び上がった雪宥である。

雪宥は自分が、剛籟坊のことを知りたくて、剛籟坊が昼寝をしているときにさえそばにいたくて、離れている間にはいつも心配して、一人の時間を決して楽しんで過ごしているわけではないことを、はっきり告白していたことに気づかなかった。

それがことのほか、剛籟坊を安心させ、喜ばせたことにも。

その夜、雪宥は剛籟坊の部屋でともに眠り、翌日には、箱庭でいつも彼にそうされていたように縦抱きにされ、六層からなる天狗館を案内してもらった。

急な傾斜の、百段はありそうな階段を見て腰が引けた軟弱な雪宥を、剛籟坊が笑って抱いてくれたのだが、実際にはその必要はなかった。階段には天狗の術がかけてあるらしく、一歩進むだけで、そこはもう階下であり、階上であった。

剛籟坊の居室は最上階で、五階には烏天狗たちが住み、四階には大広間、三階には大道場、二階には烏天狗たちが使う下位の木っ葉《こば》天狗たちの部屋、一階は来訪者を取り次ぐ控えの間などがある。

大広間と聞いただけでいやな気分になる雪宥は、まだ心の準備が整っていないと四階の案内を断り、ふと疑問を感じて首を傾げた。

以前、大広間に行ったときは、剛籟坊の部屋から長い長い廊下を歩かされただけで、階段など使った覚えはなかった。剛籟坊の部屋と大広間は、同じ階にあったはずなのだ。

気になってそのことを訊ねると、四階を素通りして三階に下りながら、剛籟坊が説明してくれた。

「あれから、館を少々模様替えした。俺は大きな館には興味がなくてな、四層のこぢんまりした館で充分だと考えていたんだが、伴侶を迎えたからにはそうはいかん」

剛籟坊は神通力により、一夜にして四層の館を六層にすると、新しく造った大広間を階下に移し、大道場を増やし、黒っぽくてどこか陰気な印象であった外観も、白く美しく塗り替えた。

四層の館をこぢんまりと表現するのは無理があるとか、それはもはや模様替えの域を超え、大増築というべきではないかとか、突っこみたいところはたくさんあったものの、大広間を造り変えてくれたのは、雪宥のためにほかならなかった。

「……ありがとう」

「お前が礼を言うことではない。お前のおかげで俺の神通力も高まった。ほかにも、変えてほしいと思うところがあれば、言うといい」

「俺も少しは役に立ってるってこと？」

「少しどころではない。お前がいれば、俺はなんでもできる」

不安げに訊いた雪宥を、剛籟坊はあやすように揺すった。

剛籟坊の精は雪宥を生かすが、雪宥の精の効能は今ひとつはかりづらい。神通力は日に見えるものではないからだ。

蒼赤がよく、雪宥さまを迎えられてから、剛籟坊さまの力は日に日に強くなり、お仕えしている我らも鼻が高うございます、と自慢げに言っているけれど、わからない雪宥はいつも首を傾げるだけだった。

しかし、剛籟坊本人がそう言うのなら、信じてもいいかもしれない。

一通り見てまわり、二人は剛籟坊の部屋に戻った。希望していた露台に出る隣の細長い部屋はもらえず、雪宥も一緒にこの部屋を使っていいらしい。

昨日は他人の家に上がりこんだみたいな気がして落ち着かなかったが、だんだんと馴染んできている。

あまり気にして見ていなかった襖絵の花が、アマツユリだということに気づき、雪宥の脳裏に祖父の家に咲くアマツユリの群れが色鮮やかによみがえった。

枯らしてはならない、不動村の土岐家の庭にしか咲かない深紅の花。土岐家の血筋でなければ、咲かせることができないと剛籟坊は言っていた。

雪宥が女性との性行為を経験ずみで、不動山の結界に入れなかったら、どうなっていたのだろう。

思えば、土岐家は不思議な家だった。

雪宥が知るかぎり、祖父はアマツユリの栽培しかしていなかった。先祖代々引き継いできた希少な花は売り物にはならないし、電車もバスも通らない山奥の田舎町で、十億を超える財産をどうやって築いたのか。

「雪宥？」

ぼんやりしていたのか、剛籟坊に声をかけられて、雪宥は我に返った。

「土岐家って、いったいなにで大儲けしたのかなと思って。それに、山の祠に毎年お供えしてたアマツユリって、どんな意味があったんだろう。契約とかなんとか言ってたけど、今年は結局、供えられなかった……」

話している途中から、穏やかだった剛籟坊の顔つきが厳しくなってきて、雪宥は自分が失敗したことを悟った。

ここで機嫌を損ねたら、また箱庭に逆戻りである。大勢の配下の天狗たちが住まい、働いている天狗館と、剛籟坊と烏天狗が何人か訪れるだけの箱庭は、なにもかもが違う。

たった一晩過ごしただけで、それがよくわかった。もちろん、大声で騒ぐ者などいないし、天狗館も箱庭同様、静かな環境ではあるのだが、天狗たちの生活している気配が感じられて、それはとても温かで心が落ち着いた。

今箱庭に帰されれば、まるで時の流れが止まっているかのように感じられるだろう。いくら安全でも、あれは優しい檻そのものだ。

雪宥は剛籟坊が座っているところにいざり寄り、膝の上に乗ってぎゅっと抱きついた。大きな身体は温かく、アマツユリに似た甘い香りが鼻腔をくすぐる。

「ふ、襖にアマツユリが描いてあるから、ちょっと思い出しただけだ。そんな怖い顔、しないでよ。もう言わない」

「いいか、雪宥。お前はこの館から出てはならん」

剛籟坊の腕が、痛いくらいに雪宥を抱き締めてきた。

「わかってる。里に帰っちゃいけないしきたりとか、ほかの天狗に姿を見せちゃいけないしきたりとか、いろいろあるんだろ。忘れてないよ」

「今はな。お前はすぐに忘れそうだ」

「なんだよ、それ！　そんなに忘れっぽくないよ」

怒ったように言いながら、もし、そのしきたりを破ったらどうなるのだろうかと、雪宥は考えた。

東京に戻っているはずの家族に会いに行くのは駄目でも、祖父の家を含めた不動村全体を山の途中から、たとえば「天狗の遊び場」あたりから見下ろすのは、里帰りの定義から外れている気がする。

ほかの天狗に姿を見せてはいけないというのは、正直、よくわからなかった。伴侶すべてに対するしきたりなのか、剛籟坊が雪宥のみにそう言っているのか。

そして、しきたりを破った場合にきちんと定められた罰則があるのか、あるいは天罰のようなものがくだるのか。

わからないことだらけだったが、剛籟坊に教えてもらうという選択肢はなさそうだ。そういうことを訊ねただけで、雪宥がよからぬことを考えているに違いないと剛籟坊は警戒するに決まっている。

天狗のしきたりそのものを明確に理解していない雪宥に、住んでいた場所や家族を懐かしんで少しの思い出話をすることすら許さず、頭ごなしに守れというのは横暴だ。

あれはいけない、これもいけないと反対されればされるほど反発したくなり、祖父の家を遠くから見るくらいいいじゃないか、という気持ちになってくる。

なにか方法がないか考えてみようと、雪宥は思った。

誰にも見つからないように「天狗の遊び場」まで行って、村を眺めて帰ってくる、ただそれだけのことだ。成功すれば、しきたりを破ったことにはならないだろう。

雪宥が箱庭から出たのを察知し、即座に飛んで帰ってきた剛籟坊を相手に、彼に隠れて、あるいは彼を騙して天狗館を抜けだすなんて至難の業、というより、ほぼ不可能だということは雪宥にもわかっている。

だが、このまま諦めてしまうのはいやだった。納得がいくまで方法を探し、見つからなかったときにやっと気持ちの整理もつけられるだろう。

それを見つけたのは偶然だった。

天狗館には宝物庫があり、不動山の主が代々所有してきたという、美しいものや珍しいものが納められていた。

宝物庫の存在を知った雪宥が見せてほしいと頼むと、剛籟坊は太っ腹にも、主以外は立ち入り禁止のそこを、雪宥も自由に出入りできるようにしてくれた。

剛籟坊が留守のときも入っていいと許可してくれたのは、退屈を持てあます雪宥の無聊《ぶりょう》を慰めようと思ったのかもしれない。

雪宥は嬉々として、広い宝物庫を探検することにした。一人で頭を捻り、外に出る方法を考えつづけていても、そうそう妙案が浮かぶわけもなく、だれてきていたところだったからちょうどよかった。

剛籟坊はどこそこの山の大天狗に呼ばれたり、不動山の結界に弛《たゆ》みや歪みがないかを確認しなければならなかったりで、連日出ている。朝から晩まで宝物庫に入り浸っていれば、一人残される寂しさも感じないですんだ。

蒼赤が気を利かせて持ってきてくれた毛筆書きの目録は、一行目を見た瞬間に雪宥が「これ、天狗の暗号とかじゃないよね？」と言ったために、無言ですぐに下げられた。無言というのが、なんともいえず屈辱的だったが、かといって、「違います、日本語でございます」と烏頭の天狗に馬鹿丁寧に言われたら、いたたまれない思いを味わっただろう。

傷めたり壊したりしないよう注意しながら、ひとつひとつ宝物の入った箱を開け、これはなんだろうかと考えるのも楽しかった。箱のなかに添えてある紙に毛筆で名称や用途と思《おぼ》しきものを記してあるものもあったが、目録同様、達筆すぎた。

しかし、暗号にしか見えなかった文字も、目が慣れてくればなんとなく読める部分も出てくる。もしやこれはこういう道具なのではと予想し、あとで剛籟坊に正解を訊くというゲーム形式の編みだしに成功すると、いっそう楽しくなって探検に精が出た。

嬉し涙を一滴落とし入れると真珠に変えてくれる壺、持ち主に危険が迫ると蛇に変身して守ってくれる錫杖、叩いたものを倍に増やす小槌《こづち》、一扇しただけで荒れ狂う海を鎮めることができる檜扇《ひおうぎ》など、実際に試してみたいものはたくさんあったが、霊力を宿した宝物は理由もなしに使ってはいけないと、剛籟坊に言い渡されていた。

四日目の午後、雪宥は宝物庫の奥で、鳥の羽根のようなもので編まれた外套《がいとう》と思しきものを見つけた。

箱から取りだして広げてみると、雪宥の全身をすっぽりと覆ってしまうほど丈が長いのに、綿菓子のように軽い。奇妙な宝物の数々にも慣れてきていた雪宥は、もはや軽いくらいでは驚かない。

「なんだろ、コートみたいなものかな。羽根でできてるから、空を飛べたりして」

一人でぶつぶつ呟きながら、説明書きに目を通す。羽織ものというのはわかるが、ただの防寒や防雨といった目的以外の用途が必ずあるはずだ。

「……これ、たしか隠って字だよな。で、こっちはたぶん、蓑《みの》……？　隠れ蓑？」

着ると姿を隠してくれる蓑のことだろうか。

好奇心が疼いて、雪宥はまじまじと手に持った蓑を見た。

本当に隠れ蓑なら、雪宥の姿をほかの天狗から隠してくれるはずだ。これを着ていれば、外出だって夢ではない。

雪宥の心に、希望の火が灯った。

「まず、効果を確かめないと」

理由もなく使ってはいけないと剛籟坊に言われていたが、理由ならある。姿を隠したいという、もっともな理由が。

比較的、試しやすいアイテムだということも後押ししていた。火のなかに飛びこんでも火傷《やけど》しない頭巾とか、全身に塗ると幽体離脱できる軟膏《なんこう》なんて、気軽にチャレンジできるものではない。

雪宥はふっさりした蓑を肩にかけ、落ちないように紐で結んだ。自分ではなにが変わったのか、わからなかった。

動けば、衣擦れの音や、足音も聞こえる。これでは姿が見えなくても、音や気配でわかってしまうだろう。

「……もしかして、隠れ蓑じゃないのかな」

首を傾げつつ、このまま諦めるのも未練が残りそうで、雪宥は宝物庫の外に出て試してみることにした。

蒼赤に見つかって剛籟坊に告げ口されれば、雷を落とされるだろう。宝物庫への出入りも、禁止されるに違いない。

それでも、試さないよりはいいと思えた。ちゃんと剛籟坊に使用法と効果のほどを訊き、貸してくれるように頼んでみても、無駄なのはわかっている。

雪宥は小走りに宝物庫の出入り口まで行き、扉をそっと開けた。廊下にはいつも木っ葉天狗が二人立ち、宝物庫を警備している。

木っ葉天狗は烏天狗と同じ、鳥の顔に人の身体を持っている天狗だが、烏天狗よりも小柄で、頭と翼の毛色が違う。烏天狗が黒一色なのに比べ、茶色に白や黒の筋が入った毛色は、どことなく雀《すずめ》を思わせた。

ご伴侶さまと直接口が利ける立場のものではない、とのことで、話したことは一度もないけれど、雪宥を見れば、恭しく頭を下げる。

彼らは、雪宥が扉を開いて出て、そして扉を閉じたことに気づかなかった。わざとカサカサと蓑を揺らして音をたて、目の前に立っても、素知らぬ顔で真っ直《ま》ぐ《す》前を見ている。

ちょっと大胆に飛んだり跳ねたりしてみたが、二人の様子は変わらない。

——嘘みたい！　俺が見えてないんだ。

口から心臓が飛びだすのではないかと思うほど胸をどきどきさせながら、雪宥はその場を離れ、天狗館のなかをうろついた。

普段なら、ご伴侶さまをお見かけすれば、必ず足を止めて頭を下げ、ご伴侶さまが通り過ぎるまで石のように固まっている木っ葉天狗たちが、まるで気にせず、生き生きと己の仕事をしている。新鮮な光景に少し感動してしまった。

途中で、書物を抱えて運んでいる蒼赤とすれ違ったときには、一番緊張したが、雪宥の姿は見えていないようだった。烏天狗でお目付け役の蒼赤もやり過ごせたことで、雪宥はこれが本当の隠れ蓑であることに自信を持った。

しばらく透明人間を楽しんでから、こっそりと宝物庫に戻って隠れ蓑を箱にしまい、蓋《ふた》をする前に手で撫でた。

これがあれば、誰にも見つからずに外を歩ける。

剛籟坊はこんなものが己の宝物庫にあったなんて、知らないのだろう。納められた宝物の数々は、不動山の主として受け継いだもので、剛籟坊が個人で集めてきたものではない。

また、神通力でほとんどのことができる大天狗にとって、宝物は人間や力の弱い天狗に貸しだす道具にしか過ぎず、自分で使用することはなさそうだ。

雪宥は踊りだしそうな気持ちを抑え、これからの計画を練った。

7

窺っていた機会は、思ったよりも早く訪れた。

蓮生山《れんしょうざん》というところで、大天狗たちの集会が開かれることになり、剛籟坊も出席しなければならず、場所が遠方なため、丸一日帰ってこられないという。

雪宥の転成は順調に進んでいて、一日半くらいは飢えを凌《しの》げるようになっていた。

「蓮生山の高徳坊《こうとくぼう》どのは俺が伴侶を得たことをご存じだから、話がすめば引き止められはせんだろう。できるだけ早く帰る」

これまでで一番長い留守、というより、行き来に時間がかかるため、雪宥になにかがあってもすぐに帰れない不安があるのか、剛籟坊は優雅な白い翼を広げて飛翔《ひしょう》する直前まで、心配そうに雪宥の頭を撫でていた。

「いつもみたいに、宝物庫で遊んでる。大丈夫だよ」

疾しさが目に表れないよう祈りつつ、雪宥は真っ直ぐに剛籟坊を見上げて微笑んだ。

剛籟坊も目元を緩ませ、愛しげな眼差しを向けてくる。

「いい子にしていろ。蓮生山には珍しい蓮《はす》の花が咲いているらしい。高徳坊どののお許しがいただけたら、お前への土産《みやげ》にしよう」

「本当？　楽しみにしてる！」

雪宥は本気で言った。

剛籟坊が蓮の花を摘んで、そのまま持って帰ってくることはない。花の土産はここのところ連日のようにもらっていて、それらはすべて神通力によって雪宥の目の前で変化した。

たとえば、白い鈴蘭《すずらん》は可愛い呼び鈴に、鮮やかな牡丹《ぼたん》は単衣の柄に、芳しい梔子《くちなし》は匂い袋に、可憐な鷺草《さぎそう》は小さな鷺に姿を変えて空を飛んでいった。

剛籟坊は蓮の花を、なにに変えてくれるのだろう。それを想像するだけでも、充分に楽しめる。

土産さえあれば、雪宥の機嫌がよくなり、余計なことを言う——とにかく外に出たいとねだる——機会が減ると見越しての行為であっても、目の前で見られる魔法は魅力的だ。

供の天狗たちを従え、後ろ髪を引かれるような顔で「行ってくる」と言って飛び立っていった剛籟坊を見送りながら、雪宥の良心がチクリと痛んだ。

騙すような真似はしたくないけれど、剛籟坊はどうしても雪宥を天狗館から出してくれそうになかった。いともたやすく花を変化させたのを見て思わず、剛籟坊の神通力で雪宥の姿をべつなものに変えるとか、あるいは透明人間のように消してくれれば、外に出てもかまわないのではないか、と妙案を思いついたと見せかけて探りを入れてみたのだが、返事はやはり否だった。

雪宥のささやかな願いに対する剛籟坊の協力、同意は死ぬまで得られまい。

脱走は午後からと決めていた。館の結界を突破できるかどうかが焦点だが、通り抜けるだけなら大丈夫だろうと、雪宥は思っている。

結界は、張った者の性質が色濃く表れるそうで、剛籟坊の精を受けている雪宥は、剛籟坊の性質とほぼ同一であり、彼の張った結界ととても馴染みやすい、つまり通過しやすいという話を聞いたことがあった。

だからこそ、剛籟坊は外に出るなとしつこいくらい念を押し、雪宥が勝手なことをしないよう、蒼赤たちに見張らせているのだ。

ただ、箱庭から出たときのように、通ったことはきっと剛籟坊にはわかってしまう。

剛籟坊が蓮生山に到着していれば、脱走に気づいても、会合を放りだして即座に戻ることはできないだろう。そうして稼いだ時間内に、雪宥は急いで「天狗の遊び場」まで行って帰ってくるつもりだった。

あとでどれほど剛籟坊に叱られ、問答無用で箱庭に押しこめられて長い時間出してもらえなくなったとしても、隠れ蓑を見つけてしまった今、祖父の家を一目見たいと思う気持ちは止められなくなっている。

「雪宥さま、今日はお顔の色が優れませぬようで。剛籟坊さまが遠出をなされているのが、ご心配なのですな」

剛籟坊の姿が見えなくなってから部屋に戻ると、そばに控えていた蒼赤が言った。これから脱走するから緊張しているのだとは、夢にも思っていないようだ。

ここ数日はお気に入りの宝物庫に入り浸り、宝物の数々に夢中になって、里心が薄れたと考えているのだろう。

「……うん、まぁね」

「大丈夫でございますよ。正式なお招きは一週間ですが、初日の会合のあとは宴《うたげ》ばかりですから、剛籟坊さまが急いでお帰りになっても、失礼には当たりませぬ」

「宴ってお酒を飲んだり、どんちゃん騒ぎする宴のこと？　お酒とか、飲めるの？」

不可解そうな雪宥の表情の意味を、烏天狗は正しく理解したらしい。

「酒や木の実、花などは天狗の好物でございます。神通力を蓄えるには無垢な人間の精が一番ですが、それしか口にできないわけではございませぬ」

「でも俺、伴侶になった次の日に水を飲んだら、苦しくて死にそうな目に遭ったよ。俺は剛籟坊の……せ、精……っ、しか飲めないって、剛籟坊も言ってたし」

精液とはっきり言うのは抵抗があり、つい口ごもって視線もあちこちに泳いでしまう。

「転成中はそうなのです。身体が変わるときに、余計な混じりものを体内に入れますとのたうちまわります。転成をすまされて、完全な天狗になられましたら、剛籟坊さま秘蔵の御酒もお召し上がりになれるでしょう」

「剛籟坊がなにか食べたり飲んだりしてるとこなんか、見たことないけど」

「そうでございましょう。雪宥さまがお楽しみになれないことを、ご自分だけなされる剛籟坊さまではございませぬよ」

雪宥は黙って俯いた。

こういうことは、蒼赤から教えてもらわないとわからない。それほどの心遣いをしてくれているのに、宝物を無断で持ちだし、脱走計画を練っている自分が、身勝手で恩知らずな人間に思えてくる。

計画の履行をしばし悩んだが、やはり諦められなかった。

「それはそうと、高徳坊さまって、剛籟坊よりも偉い大天狗さまなの？　だから、来いって言われると、逆らえないとか？」

明らかに気乗りしていなかった剛籟坊の様子を思い出して、雪宥は訊いた。

「高徳坊さまは齢《よわい》千二百歳を超える大天狗さまでございます。しかし、大きな声では申せませぬが、経歴や御山の格式は劣れども、霊威においては我が剛籟坊さまも遜色《そんしょく》ございませぬ。剛籟坊さまは高徳坊さまより上位におわされた玄慧坊さまから、直々《じきじき》にお声をかけられた御方でございますゆえ」

大きな声では言えないと言いつつ、鼻の代わりに黒い嘴を高々と上げて、蒼赤は己が主を自慢した。

「玄慧坊さまって、誰だっけ？　どこかで聞いたような覚えがあるんだけど」

「長きに渡り、不動山を治めてこられた大天狗さまでございます。百七十年ほど前に、剛籟坊さまを選ばれ、主の座をお譲りになられました」

「……ああ、思い出した。俺を追いかけてきた三人の天狗たちが、何度か口にしてた名前だ。玄慧坊さまに比べるとお前なんてって、剛籟坊を馬鹿にしていたような……」

　雪宥は無意識に顔をしかめて呟いた。いやな記憶なので、あまり詳しく思い出したくないのだ。

「これまた大きな声では申せませぬが、あやつらは無駄に年だけ取っておるのです。齢の長さと力の優劣は関係ない、長く生きても弱い者は弱い、ということが、いつまで経ってもおわかりにならぬようでして」

　天佑坊は六百歳、泰慶と広法も五百歳を超えており、三百八十四歳の剛籟坊を若造扱いしてはばからない。年若くとも、不動山に棲む天狗のなかでは剛籟坊の力が一番強く、主たる資質があると玄慧坊が認めたにもかかわらず、ああしてことあるごとに突っかかってくるのだと、蒼赤は不満げに零した。

「剛籟坊はなにをしてるんだよ。あいつらを叩きのめして、自分のほうが強いってことを教えてやればいいじゃないか」

　雪宥も勢いこんで言った。

「それがそう簡単にはまいりませんので。力で叩きのめせば、恨みで何倍にも膨れ上がった力で返ってくるでしょう。天佑坊はあれでいて、御山では剛籟坊さまに次ぐ力を持っておるのです。剛籟坊さまがいらっしゃらなければ、玄慧坊さまは次代の主に天佑坊を選ばれていたやもしれませぬ」

「あいつ、そんなに強かったんだ」

「なまじ自分に自信があるだけに、剛籟坊さまを頑なに認めようとしないのです。忌々しいことに見目麗しく、力もございますゆえ、あやつを慕う天狗は多く、その名は他山の天狗たちにも知られております。天佑坊が徒党を組んで剛籟坊さまに反逆の狼煙《のろし》を上げれば、玄慧坊さまから任された御山が乱れる。御山が乱れれば、他山の天狗に侮られ、また諍《いさか》いも増える。それだけはならぬと、剛籟坊さまは頭を痛ませつつご辛抱なさっておられるのです」

「御山が乱れるって、剛籟坊一人じゃ負けそうってこと？」

猫が毛を逆立てるように、蒼赤の翼が一瞬ぶわりと膨らんだ。

「まさか！　神通力では、高徳坊さまをも凌ぐ剛籟坊さまですぞ。あやつらが束になってかかってきたところで、敵《かな》うはずもございませぬ。乱れるというのは……」

黒い瞳をきょろきょろさせて、蒼赤はそれを説明しようとしたが、うまい言葉が見つからなかったらしく、少し肩を落とした。

「申し訳ございませぬ。説明が難しゅうございます」

「いいよ、また剛籟坊に訊くだけは訊いてみる。人間界のことも天狗界のことも、ほとんど教えてはもらえないけど。でも、どうして玄慧坊さまは代替わりしたの?」

「雪宥さまは、この国を大きな災厄が襲ったことをご存じですかな。およそ三百六十年前と二百二十年前、そして百七十年前。旱魃《かんばつ》、洪水、冷害、火山の噴火などにより、夥《おびただ》しい数の人間が死にました」

「……ああ、歴史の授業で習ったから、少しは知ってる」

現在から年代を逆算し、雪宥は頷いた。江戸時代に起こったいくつかの大きな飢饉《ききん》のことだろう。

「古来より、天変地異は人間を苦しめるための天狗の策略だなどといわれておりますが、まぁ、そういったこともないことはないのですが、先の三度の災厄は誓って、天狗の仕業ではございませせぬ。天災は御山の麓で暮らす村人たちにも及び、彼らを守るため、玄慧坊さまは神通力をすべて使い果たされました。神通力は使えば減り、つねに蓄えておかねばならぬもの。しかし、次々と襲い来る災厄は、その時間を与えてくれませんでした」

「それで、どうなったの?」

「二度までは持ちこたえられたものの、新たに神通力を溜める間もなく、三度目の天災に見舞われては、いかな玄慧坊さまといえども難しかった。そのとき、玄慧坊さまにお力をお貸ししたのが、剛籟坊さまでございます」

「そうなんだ……そんなことがあったんだ。不動山の天狗って、不動村の人たちを守ってくれてたんだね。もしかして、土岐家が天狗の祠にアマツユリをお供えするのは、そのお礼とか？　お礼が花だけって、ちょっとしょぼい気もするけど」

「……」

先ほどまで饒舌《じょうぜつ》にしゃべっていた蒼赤が、ぴたりと嘴を閉じた。

どうしたのと訊く前に、雪宥にはわかった。いつものことだからだ。剛籟坊に比べたら、かなり詳しく天狗界のことを教えてくれる蒼赤だが、雪宥の身辺に話題が及ぶと、電池の切れたおもちゃのように黙ってしまう。

剛籟坊に口止めされているのは間違いなく、これ以上は押しても引いても、羽を引っ張って抜いても、蒼赤はしゃべらない。

仕方なく、雪宥はべつのことを訊いた。

「その玄慧坊さまは、今どうしてるの？」

「寂滅なさいました」

「寂滅ってなに」

「お亡くなりになられたのです」

「ええっ！　嘘だ、天狗は不老不死だって剛籟坊が言ってたよ。首を落とせば死ぬらしいけど、弱ってるところを誰かに襲われて殺されたとか？」

「違いますぞ、雪宥さま。不老不死もまた、神通力によって可能になるもの。維持する力を失えば、肉体は消え去ってしまうのです」

言葉が見つからなくて、雪宥は黙りこんだ。

力を使い果たせば死ぬことくらい、玄慧坊自身わかっていたであろうに、我が身を省みず村人たちに天災の被害が及ばぬよう戦ってくれたということだ。

まるでおとぎ話のようだが、これは現実の話で、剛籟坊を若造呼ばわりする天狗たちにとっては、懐かしむほど昔の出来事でもない。

「……全然知らなかった。玄慧坊さまはどうしてそこまでして、不動村を助けてくれたんだろう。あ、もしかしてこれも、アマツユリをお供えするのと関係があるのかな？　たしか、契約がどうのこうのって話を、剛籟坊とあいつらがしてたような。うーん、……駄目だ、はっきり思い出せない」

雪宥は首を捻った。

大広間で天佑坊たちと引き会わされたときに、アマツユリの話が出て、村人との契約とか契約の移行とか、そんな言葉を聞いた覚えがあるのだが、あのときは自分がこれからどうなるかという不安でいっぱいで、話の内容を理解しようとしていなかった。

うんうん唸って思い出そうとしている雪宥とは対照的に、蒼赤はまたもや嘴をぴたりと閉じている。雪宥には話してはいけない範囲に近づいているのだ。

「ねぇ、蒼赤。契約ってなんのこと?」

「……」

「少しくらい教えてくれてもいいじゃないか。剛籟坊には黙ってるからさ」

「……」

蒼赤は焦点のわかりづらい黒い瞳をガラス玉みたいにぽっかりと開いて、だんまりをつづけている。

「どうしても駄目?」

「……」

期待はしていなかったから、落胆の色の薄いため息を、雪宥はフッと吐きだした。文句は剛籟坊に言うべきだとわかっていたが、一言言わずにはいられない。

「蒼赤の頭が固いのは、烏の頭だから?」

「頭の形は関係ございませぬ」

「ああ、そうだよね。剛籟坊の頭も固いもんね」

「そのようなことをおっしゃってはなりませぬぞ。剛籟坊さまには剛籟坊さまのお考えがございますゆえ……」

「もういいよ。宝物庫に行く」

主の弁護をしようとする蒼赤を遮って、雪宥は腰を上げた。

なにも教えず、沈黙を通しつづければ、人間界への未練が消えてなくなると考えているのなら、大間違いだ。こちらの世界に馴染むにつれて、疑問は大きくなるし、余計に興味が湧くだけである。

だから、自分が隠れ蓑を使ってほんのちょっと外に出たいと考えるのは、仕方がないことだと思う。許可をもらって行きたかったが、もらえないとわかっているのだから、無断でするしかないのだ。

そう考え、雪宥は数時間後の己の脱走行為を正当化しようとした。

「ご用がございましたら、いつでもお呼びください」

「うん」

雪宥は頷いて、帯の上を軽く叩いた。そこには、剛籟坊が鈴蘭の花から変えてくれた鈴が挟んであり、それを鳴らすと天狗館のどこにいても蒼赤が飛んでくることになっている。

リンリンと鳴る可愛らしい鈴の音を、実際に聞き取るのではなく、鳴っているぞと蒼赤に知らせる細工を、剛籟坊が施しているらしい。

仕組みを理解するより、天狗なのだから摩訶不思議《まかふしぎ》なことが起きて当然、という観点に立ってすべてを受け入れたほうが早い。

襖に手をかけた雪宥は、あることにふと気づいて蒼赤を振り返った。

「今思ったんだけど、天狗ってどうやって産まれるの?」

それは、死と同じくらい不思議なことだった。

女は不浄の生き物で、男しか存在しないのが天狗界である。しかし、子どもは女がいなければ産まれない。

もしや、イソギンチャクみたいに分裂するのだろうか。

それはいやだなぁと思っている雪宥の前で、蒼赤は平然と言った。

「不動山の天狗はご神木である、不動杉《ふどうすぎ》の樹の股《また》から産まれます。ほかに、よく修行を積んだ人間が天狗になることもあり、また稀に深い恨みによって転じる場合もあるようです。狐《きつね》や鷲《わし》など、動物が変わることもございます」

「樹の股！　蒼赤も？」

行儀悪く、烏頭のてっぺんから爪先まで、蒼赤をじっくりと眺めてしまう。

人間由来、動物由来はともかく、樹の股とは想像するだけでなかなかシュールなものがある。もっとも、天狗からいわせれば、不浄の生き物の股から生まれる人間のほうが、よほどシュールなのであろう。

「もちろんでございます」

蒼赤は澄ました顔で頷いた。

「じゃあ、両親は樹ってこと？　どうやって育てるの？　……まさか、いきなりその姿で産まれてくるわけじゃないよね？」

「産まれたときは、ややこでございますよ。樹から産まれた天狗に親はございませぬ。ややこ天狗が産まれると、大きくなるまで皆で一緒に育てるのです」

「へぇ！　見てみたいなぁ、赤ちゃん天狗。きっと翼とかも小さくて可愛いんだろうな。今はいないの？」

赤ん坊は大好きだ。もしいるなら、あやしたり遊んだりしてみたい。

弟が産まれたときのことを思い出し、雪宥は微笑んだ。両親の教育のせいか、大きくなるにつれて生意気になっていったが、無邪気で可愛い時代もあったのだ。

「ややこはおりませぬな。少々育った、ひよっこ天狗ならおりますが」

「ひよっこでもいいよ！　天狗館にいるの？　会ってみたい」

雪宥は頭のなかで、小学生くらいの子どもも天狗が元気に山を駆けまわっているところを想像していた。

「修行中の身ゆえ、天狗館でお仕えするなど、まだまだでございます。背丈などはすでに私と変わらぬほど大きくなっておりますが」

「え……、ひよっこって何歳？」

「七十二歳でございます」

「……」

人間と天狗の間には、埋めきれない深い溝があることを確認した雪宥だった。

「雪宥さま？　お呼びになりたいなら、剛籟坊さまにお許しを」

「いや、呼ばなくていい。だって……だって、修行の邪魔をするのも悪いからさ。この先に、赤ちゃん天狗が産まれたら教えてほしい」

蒼赤の言葉を途中で遮り、失礼にならないような理由をつける。

「かしこまりました」

「ちなみに、蒼赤の歳はいくつ？」

「二百五十六歳になります」

「白翠と長尾と青羽も同じくらい？」

「白翠と長尾は私より年長で、青羽は百八十四歳になりますな。私と青羽は不動山で産まれましたが、白翠と長尾は他山から山替えしてきた天狗でございます」

「山替えって？」

質問ばかりしているが、天狗界のことをなにも知らない雪宥は訊いて教えてもらうしかないので、蒼赤も面倒そうな様子は見せなかった。

「主である大天狗さまの力が弱くなると、御山は枯れる。つまり、天狗が棲める場所ではなくなるのです」

玄慧坊が弱ったとき、剛籟坊がいたように、力の強い天狗がいれば跡を引き継げるが、いなければ残された天狗たちは、新しく棲まう山を探さなければならない。

自分はそのような悲劇に見舞われたことはないけれど、己が産まれた山を捨てるのは、それはつらく悲しいものであろうと蒼赤は説明した。

その気持ちは、予期せず突然に人間界を捨てることになった俺が一番よくわかるよ、と雪宥は思ったものの、口には出さなかった。

「山替えする前にとりあえず、残った誰かが引き継いで頑張ってみるって選択はないの？」

「力の弱い者が引き継いでも、御山を維持することはできませぬ」

「そんなに大変なものなんだ。じゃあ、剛籟坊にはそれだけの力があるんだね」

蒼赤はしたり顔で頷いた。

「剛籟坊さまにあるのは力だけではございませぬぞ。山替えした天狗はやはり、よそ者ですから、どれほどの才があろうと、新しい主のおそばに仕えることはほとんどないのです。ですが、剛籟坊さまはそのような差別はなさらない。これが天佑坊であったら、白翠も長尾も御山の端に打ち捨てられておるでしょう」

天佑坊の美しく整った冷たい顔を思い出しそうになり、雪宥はぶるぶると頭を振った。

「剛籟坊も樹の股から産まれたのかな。蒼赤は知ってる？」

「存じ上げませぬ」

「蒼赤のほうが年下だもんね。これも剛籟坊に訊いてみよう。こういうことなら、教えてくれるかもしれないし。ありがとう、蒼赤。いろいろ教えてくれて」

「雪宥さまの退屈を少しでもお慰めできれば、私も嬉しゅうございます。ややこ天狗のことで思い出したのですが」

「なに？」

「ややこ天狗を見たいのでしたら、雪宥さまがお産みになればよろしいのです」

「……は？」

雪宥はぽかんとして、蒼赤を見つめた。言われた意味が咄嗟にはわからなくて、頭のなかで反芻《はんすう》してみたが、やはり理解は遠かった。

——俺が産む？　男の俺が、なにを？　……ややこか。ややこって、なに……？

なんの話をしていたのか、話の流れさえこんがらがってきて、ただ目を見開いていると、蒼赤が怪訝《けげん》そうに覗きこんできた。

「雪宥さま？　いかがなされましたか」

「……お産みになればって、俺は産めないだろ？」

伴侶と呼ばれ、妻のような立場ではあるが、それはない。どう考えても、自然の摂理に反している。

「なにをおっしゃいます。ご伴侶さまの一番大きなお役目は、剛籟坊さまのややこをお産みになることですぞ」

「……！　ど、どうやって？　いったいどこから？」

蒼赤は本気らしいと悟って、雪宥は焦った。

「神通力にて、種を胎内に宿し、頃合を見て取りだすと聞いておりますが、私も詳しくは存じ上げませぬ」

「……神通力」

雪宥はごくりと唾液を飲みこんだ。

なんと恐ろしいものであろう。生花を小物に変化させるのを見て、無邪気に喜んでいる場合ではなかった。

「仲睦《なかむつ》まじくなさっておられるときに、剛籟坊さまにお訊ねになってみては……」

「駄目だよ！　人間は普通、男は子どもを産まない。俺は人間から脱却しつつあるけど、意識はやっぱりまだ人間だから、そういうのは考えられない。ものすごく不自然に思える」

「天狗界では自然なことなのですが。それにややこをお産みになれば、ご伴侶さまから飢えがなくなると聞いております」

それは、剛籟坊の精液を飲まなくてもよくなるということだろうか。出産なんて、剛籟坊を殺すよりもはるかに難しい気がする。

「理解の範疇《はんちゆう》を超えてるよ、俺にとっては。ねぇ蒼赤、今の話、剛籟坊には黙ってて。一人でじっくり考えてみたいから、子どもが産めるってこと、俺は知らないことにしておいてよ。お願い」

剛籟坊は優しいから、心の準備もさせず、無理やり雪宥を孕《はら》ませるような真似はしないと思う。それに、剛籟坊が子どもを欲しがっているとはかぎらない。

それでも、雪宥が知っていることを、知られたくなかった。これ以上、厄介な問題を増やしたくない。

「雪宥さまがそうおっしゃるならば、私も余計なことは申しませぬ」

蒼赤は残念そうに肩を落としながらも、約束してくれた。


予定どおり、雪宥は宝物庫で時間が過ぎるのを待った。

時計のないこの世界では太陽が昇り、沈むことで時間をはかっていたが、窓のない宝物庫にこもっていては太陽の位置はわからない。それでも、なんとなく感覚的に時の流れを摑むことができるようになっている。

こうして、少しずつ天狗に近づき、人間から遠ざかっていくのだろう。

今日は蒼赤から、男が子を産むという衝撃的な話を聞いたせいで、遠ざかっていくという感覚がやけにリアルに身に沁みる。

ついつい平らな自分の腹部を見やって考えこみ、慌てて首を振って我に返るという動作を幾度となく繰り返しているうちに、これくらいで大丈夫だろうという時間になった。

蒼赤に隠れて、こそっと持ってきた草履を履き、箱から出した隠れ蓑を装着すると、自分がやろうとしていることの大胆さに緊張し、手足が震えた。

ためらいは今でもあるが、ここで怯《ひる》んだら次の機会はいつかわからない。天狗界に迷いこんでまだひと月ちょっとしか経っていない今なら、祖父の庭に咲き残ったアマツユリが見られるかもしれないのだ。

剛籟坊の部屋の襖に描かれていたアマツユリの絵は、翌朝起きると、椿《つばき》の花に変わっていた。雪宥が不満そうな顔をしたら、翌日には紅葉《もみじ》に変わり、今は桜で落ち着いている。

アマツユリは雪宥にとって特別な花だった。父の死後、容易に里帰りもままならないなか、祖父と雪宥をつないでくれた。

優しい祖父が遺し、もはや継ぐこともできなくなった花の庭を、もう一度だけ見ておきたい。たとえ大半が枯れていたとしても。

雪宥は両手で拳を握り、深呼吸をしてから、宝物庫の扉を開けた。

見張りの木っ葉天狗は前回同様、雪宥が出てきたことに気づいていない。できるだけ静かに玄関へ走る。

幾人もの天狗と通りすがったが、誰の目にも雪宥は見えていなかった。

玄関を出て大門までたどり着くと、いったん足を止めた。扉はないけれど、擦りガラスでも嵌《は》めてあるかのように霞《かす》んで、門の向こうが見えない。

引き返すのなら、今しかない。

破って進むのは、今しかない。

ほんのわずかな逡巡《しゅんじゅん》のあとに、雪宥は前に歩きだした。自分には抜けられないと思ってはいけない。

これは剛籟坊が張ったもので、雪宥を傷つけるものではない。

まずは指先から。焦らずゆっくりと馴染ませて、向こう側へ。薄い空気の膜のようなものが抵抗を示した。

箱庭に張ってあったものとは、やはり強度が違う。弱気になるのを堪え、じりじりと前進する。

感覚を集中させるため、途中から目を閉じた。身体が重くなり、自由に動けない。空気の膜は水飴《みずあめ》の海と化していた。

気を抜けば、まとわりつく水飴に全身を搦め捕られて、内側に押し返される。

思うように呼吸ができず、息苦しさに負けそうになったとき、突きだした指先が向こうに出た。感覚で、わかった。

それに励まされ、雪宥は気力を振り絞った。

重みを感じる部分が少しずつ減っていき、不意に呼吸が楽になる。最後に残った左足を引き寄せると、草履が土を踏む音が耳に入り、目を開けた。

「……ぬ、けた？」

思わず、小さく呟く。

樹木が生い茂るそこは、不動山の山中だと思われた。振り返れば、先ほど突破した大門があり、内側から外を見たとき同様、外側からも扉の向こうは見えなかった。

そびえ立っているはずの天狗館が見えないことに心細さを覚えたものの、雪宥はすぐに前を向いた。脱走者に与えられた時間は少ない。

帰巣本能とでもいうのだろうか、目的の場所へどう行けばいいか、誰に訊かずともわかっていた。

天狗への転成は、野生に帰することと似ていると思う。理路整然と頭で考えるより、感覚的に摑めることのほうが多い。

薄暗い道なき道を駆けていると、まるで獣になったような気がした。

天佑坊たちから逃げ惑ったときのことをいやでも思い出したが、今は身体が軽くて、足場の悪さも気にならない。

木立を避け、迂回する時間を惜しんで急な傾斜を飛び下りる。自分のいる場所が、天狗界なのか人間界なのか、判別するのは難しかった。

不動山全体に張ってあるという結界は、雪宥を閉じこめるためのものではないから、入ってきたときと同じに、たとえ通り抜けたとしても障壁だと感じないだろう。

かなり長い距離を走ったり歩いたりして、鼻緒擦れした足が痛みを訴えていた。しっかり結んだはずの隠れ蓑の紐も緩んできている。

紐を結びなおし、草履も脱いでしまおうかと思ったとき、唐突に視界が開けた。

そこは見覚えのある、「天狗の遊び場」だった。

「やった……！」

我知らず、雪宥は歓声をあげた。

疲れも足の痛みも吹き飛ぶほどに嬉しく、懐かしかった。来たのは十四年ぶりで、うっすらとした記憶しか残っていないが、変わっていないように思える。

雪宥は円形の平地の端っこに立った。観光地ではないから手すりもなにもなく、しっかりしているとはいいがたい足場が崩れれば、崖を転げ落ちていくしかない。

子どものころは落ちそうで怖くて、こんなに端まで寄れなかった。そして、祖父に抱き上げてもらわなければ、崖下に繁る木々に邪魔されて麓を見下ろすことができなかった。

祖父を亡くし、二十歳になった雪宥はさまざまな思いで胸を熱くしながら、切望していた地へと視線を投げ、そして——愕然とした。

8

その光景があまりにも予想と違っていて、声も出なかった。

広い花畑に咲き残った紅いアマツユリが、目に飛びこんでくるはずだった。たとえ花は枯れていたとしても、茎や葉の緑がいっせいになくなることはない。

しかし、いくら目を凝らしても、そこには茶色い土が見えるだけで、アマツユリはもちろん、雑草すらも生えている様子がない。

花畑の隣にある土岐の屋敷は、遠目からではどうなっているのか、よくわからなかった。

一目見たらすぐに引き返すつもりだったけれど、雪宥の足は無意識のうちに麓へ下りる道に進んでいた。どうせ剛籟坊の言いつけは破ってしまったのだし、ここまで来たのだから、村の様子をもっとはっきり見たかった。

隠れ蓑を着ていれば、村人に見咎《みとが》められることもないだろう。神通力のある天狗にさえ見えない姿が、人間に見えるとは思えない。

いざ下りようとして、雪宥は立ち止った。

「道がない……」

青々した草木が生い茂って、麓から「天狗の遊び場」までの道を消していた。

雪宥が天狗界に迷いこんだ日、麓から登ろうとしたときには、たしかにあった。道に迷い、ここまでたどり着くことはできなかったが、道そのものを見失った記憶はない。

これほどの短期間で道を消すほどの草が生えるなんて、信じられなかった。なくなったアマツユリといい、なにかおかしなことが起こっているのは明白だ。

躊躇は一瞬だった。雪宥は感覚が示すほうへ、駆け下りていった。

祖父と手をつなぎ、あるいは祖父に抱かれて歩いた山道には楽しい思い出しかなく、一時間という時間もそれほど長く感じなかった。

今は気が急《せ》いているせいか、ひどく長い距離を走っている感じがする。まさか、また知らないうちに結界に阻まれて、山から出られないのではと思いかけたとき、ようやく、木立が途切れた。

息急ききって土岐家の屋敷の裏手に走りでた雪宥は、またも言葉を失った。

屋敷はそこに変わりなく存在していたが、屋根瓦《やねがわら》が剝がれ落ち、外れた戸板が庭に転がっている。それも土を被り、何年も雨曝しにされたかのように、傷みが激しい。

祖父の葬儀を執り行ってまだ一ヶ月ほどしか経っていないのに、この荒みようは異常だ。

長く人のおとないがないとわかる玄関の扉は、鍵がかかっていて開かなかった。縁側にまわりこんで、雨戸が歪んで半分外れているところからなかを覗いてみたが、室内は暗いうえに、窓ガラスが曇っていてほとんど見えない。

くるりと振り返れば、そこは花畑だ。花が残っていないのはもう知っていたけれど、そこにあるのはただ硬く乾いた土だけで、荒涼とした空間が広がっているばかりだった。

「ひどい、なんでこんな……」

口元に手を当てて呟く。

雪宥が消え、土岐家を継ぐ者がいなくなって、刈り取られてしまったのだろうか。だが、刈り取るのだって手間暇はかかるし、土地を再利用するでもないのに、わざわざそうする意味が理解できない。

尋常ではない村の様子に呑まれてしまい、緩んでいた紐がとうとう解けて、その肩から隠れ蓑が音もたてずに滑り落ちたことに、雪宥は気づかなかった。

そして、気づかないまま、ほかの家がどうなっているか確かめるため、駆けだした。

近隣の家を、一軒一軒覗いてまわる。点在する家はどこも祖父の家と似たり寄ったりで、人が住んでいるようには見えない。

「誰か、誰かいませんか？」

隠れ蓑のことも、行方不明《ゆくえふめい》になり、天狗界で暮らすようになった自分が、人間に見つかったら困るということさえ忘れ、雪宥は声を張り上げて村人を探した。

田畑にはついこの間まで、穀物や野菜が実っていたのに、今や土岐家の花畑と同様に茶色い土が剝きだしだった。

「……うそ」

道の真ん中に立ち尽くした雪宥の口から漏れたのは、そんな言葉だった。

午後の太陽に照りつけられた村のなかで、雪宥以外に動くものはなにもなかった。

不動村は明らかに、廃村になっている。それがわかって、雪宥は狐《きつね》につままれた気分になった。

もともと人口が少なく、老人しか残っていない村で、いずれそうなる可能性はあったにせよ、なにもかもが早すぎる。この村で生まれ育ち、ほかに頼る身寄りのない人もいただろうに、たった一ヶ月ほどの間で、新たな住まいをどうやって見つけるのだ。

それに、民家の荒れようもひどかった。雪宥が天狗界にいる間に、大きな台風に何度も見舞われたかのような、悲惨なありさまだ。

剛籟坊は知っていたのだろうかと、雪宥は思った。

いや、知らないはずがない。不動山の主は、不動村を守る。蒼赤がそう言っていた。玄慧坊はその命さえもかけたのだから、嘘ではあるまい。

茫然とその場で立つしかできない雪宥の耳に、羽音が聞こえた。

鳥とは違う重い音に空を見上げると、黒い翼が見えた。

烏天狗のものではなかった。ぐんぐん近づいてくるそれは、もっと立派で大きく、雪宥はそれを見たことがあった。

薄暗い山のなかで。

三人の天狗に追い嬲られた禍々《まがまが》しい記憶が、鮮明によみがえる。

「……っ！」

はっとなって我が身を両手で掻き抱いた雪宥は、そこでようやく自分が隠れ蓑をまとっていないことに気づいた。

つまり、見えている。迫り来る天狗には雪宥が見えていて、雪宥目指して飛んできているに違いない。

ほかの天狗に姿を見られてはいけないと剛籟坊に言われていたのに、見られてしまった。破るつもりはなかったが、結果的にしきたりを破ったことになり、焦った雪宥は落とした隠れ蓑を探すため、来た道を駆け戻ろうとした。今からでも羽織って姿を消せば、うまく逃げられるかもしれない。

けれども、天狗のほうが早かった。走る雪宥の正面に、一本歯の高足駄を履いた足がふわりと舞い降りて、慌てて止まる。

「人影が見えたので下りてみれば、剛籟坊の伴侶ではないか」

首元にまとわりつく長い黒髪を片手で払い、おもしろそうに言ったのは、天佑坊だった。

逆方向に逃げようとした雪宥の腕を、天佑坊はがしりと摑んだ。

「ひっ……！」

雪宥は悲鳴をあげてもがいた。細く美しい指だが、長い爪は獣のように鋭く尖り、二の腕を締めつけてくる力は、骨を砕かれそうなほどに強い。

「土岐家の末裔、名を雪宥とかいったな。供も連れずに、なぜこんなところにいる？　剛籟坊はたしか、蓮生山に出かけているはずだが」

「……む、村のことが、気になって……」

いつまでも黙っているわけにいかず、小さな声で雪宥は言った。

天佑坊の美しく整った顔は冷たい笑みに彩られ、とても友好的には見えないけれど、剛籟坊の伴侶となった雪宥に、生餌としての価値がないことは、彼のほうがよく知っているだろう。以前のように、精を吸わせろと襲いかかってくることはないと思いたかった。

「不動村がどうした」

「俺が天狗界に迷いこんで、まだ一ヶ月くらいしか経ってないのに、なぜこんなに荒れているのか……わからない。村の人たちもいないし」

摑まれた腕の痛みを堪えつつ、ぽつりぽつりと話す雪宥を、天佑坊は鼻で笑った。

「まだ一ヶ月、だと？　剛籟坊はお前になにも教えていないのか。天狗界と人間界では時間の流れが違う。お前が御山で剛籟坊に可愛がられている間に、こちらでは四年の歳月が流れているのだ」

「……！　四年……？　嘘だ！」

「なぜ俺が嘘などつかねばならん。来るがいい」

「あっ、なにを……っ」

軽々と小脇に抱えられ、雪宥は土岐家の屋敷に連れていかれた。

天佑坊は高足駄のまま縁側から上がり、雨戸とガラス窓を紙でも剝がすように片手で引き剝がした。

突き飛ばされて転がった室内は、じめじめしていてカビ臭かった。ぴたりと締め切って、四年も経てば、こんな臭《にお》いがするのかもしれない。

雪宥は慌てて立ち上がり、寄ってくる天佑坊から身を遠ざけた。

「時間の流れが違うことも知らず、祖父の家が恋しくなってのこのこ出てきたか。愚かな。館を出てはならんと、剛籟坊に言われたはずだぞ。俺のような天狗に襲われたらどうなるか、お前は身を以て知っていると思ったが」

「俺はもう、剛籟坊の伴侶だ。剛籟坊以外の天狗の役には立たない」

「たしかに今のお前には、無垢だったころの味のよさや、価値はない。だが、剛籟坊から奪うことはできる」

奪うというのが凌辱を意味することくらい、雪宥にもわかった。身体が震えるのを堪えて、キッと睨みつける。

「そんなことをしたら、剛籟坊があんたを許さない。あんただって、ただじゃすまないよ」

「剛籟坊との力比べなら、望むところだ。玄慧坊さまは代替わりの際、俺と剛籟坊が勝負することを許してくださらなかった。はっきり決着をつけておくべきだったのだ。お前を得た剛籟坊の神通力は増大しているが、俺とて、不動山に天佑坊ありと言われた天狗。ここ百年は生餌を食らい、神通力を溜めつづけてきた」

「まさか、人間を……？　でも、生餌は禁止してるって、剛籟坊が」

「殺してはおらん。剛籟坊に勘づかれたら、面倒だからな。無垢な少年が神隠しに遭い、しばらくすれば、記憶を失ってもとに戻るだけだ。……そんな顔をするな。少年たちはみな、精を吸いだされる心地よさに浸り、俺が命じずとも、自ら差しだすようになる。お前も我らに捕まっていれば、そうなったはずだ」

「ならない！　そんなこと、絶対にない！」

「快楽には逆らえん。契約のときを思い出すがいい。我らの前で剛籟坊に陰部を吸われ、精を零しただろう。三人に交互に吸われるところを想像してみろ。やり方はみな、違う。三人同時に舐められたら、ひとたまりもあるまい」

「……」

　雪宥は嫌悪で、顔をしかめた。

　三人に襲いかかられるなんて、想像しただけで気持ち悪くて吐きそうだった。そのような快楽は屈辱でしかなく、快楽に呑まれる前に雪宥の心が壊れてしまう。

少年たちの心だって、壊れていたかもしれない。ただ貪るだけの天狗は、生餌が正気かどうかまで気にかけたりはしないだろうから。

「俺はむしろ、剛籟坊と戦いたいのだ。負ける気はしない。お前を失えば、剛籟坊は今以上の力を得ることもなくなるのだし」

「……俺を、殺すのか」

蒼褪めた雪宥を見下ろしていた天佑坊は、少し考えてから、嘲《あざけ》るような笑みを口元に浮かべた。

「その様子では知らんようだな。まったく無知に過ぎる。それでも大天狗の伴侶かと言いたいところだが、剛籟坊が教えていないのだろう」

「なにを」

「天狗の伴侶はほかの天狗と交わってはならないと、言われたことはないか。合意であろうとなかろうと、連れ合い以外と交わった肉体は劣化する。たるんだ皮に泥砂をつめたような感触と味になるのだそうだ。泥の入れ物、俺たちはそれを泥舟と呼んでいる。当然、出される精液も効力を失う。伴侶としての務めを果たせない者がどうなるか、わかるか」

──殺されるのだ、とたっぷり時間を取り、もったいをつけて天佑坊は言った。

「そんな……」

ひどいと言いたかったが、胸がつまって声にならなかった。

無垢でなければ伴侶にはなれず、汚されればその資質を失ってしまうとは、あまりにも勝手だ。自ら望んで操を破るわけではないのに。

しきたりだなどと誤魔化して、こんな大事なことを剛籟坊はどうして黙っていたのだろう。ちゃんと教えておいてくれれば、隠れ蓑を見つけても、使おうなんて思わなかったはずだ。雪宥にだって自衛の意識はある。

「安心するがいい。剛籟坊はお前を殺しはしない。お前が泥舟になり、吐くほどまずい身体になろうと、お前をずっと抱きつづけなければならん。いい気味だ」

「どうして」

「土岐家の末裔は呆れるほどになにも知らんのだな。時間が惜しいが……蓮生山は遠い。剛籟坊が戻るまでにはまだ時間がある。知っておいたほうが、お前の絶望も深かろう」

禍々しい笑みとともに、天佑坊が語り始めた。

不動山の東側は海で、西側の麓に不動村があり、吹きつけるきつい海風を御山で防ぎ、安定した気候を作って村を豊作にし、村人を飢えないようにするのが、不動山の主である大天狗の義務だ。

不動村は雨が多く、山から流れる土砂がつねに村を脅かしていた。作物の育ちは悪いし、冬は凍えるほどに寒い。ほかに行き場さえあれば、誰もが村を捨てて出ていっただろう。それくらい、人の住みにくい土地だった。

普通、大天狗は自分の棲みかである山を守っても、麓の村の面倒まではみない。なぜそんなことになったかは、約千年前に遡る。

明治時代に修験道が廃止され、天狗が人間界から姿を消すまでは、あやかしと人間の垣根はそれほど高くなかった。天狗はしばしば山を下りて人間をからかったり、山に入った人間にいたずらをして遊んだ。

土岐家の先祖である不動村の村人と契約を交わしたのは、先々代の主、法輪坊である。あるとき、法輪坊は他山の大天狗との力比べに負け、負傷して御山に帰ってきた。なかなか傷が癒《い》えずに困っていたところ、話を聞きつけた村人が、村で咲いた綺麗な紅い百合を御山の祠に供えた。紅い花が法輪坊の好物だと知っていたのだ。

これまで見たこともない、見事なほど深く染まった紅い花弁の色に法輪坊は喜んだ。花にも格があり、さまざまな効力がある。その花には強い神力が宿っていて、花弁をひとひら齧っただけで、たちどころに傷が癒えた。

法輪坊は花を持ってきた村人に感謝し、訊いた。

お前の望みはなにか。花の礼にひとつだけ叶えてやろう、と。

天災や戦、あらゆるものから村を守ってほしいと村人は答え、不動村はめでたく大天狗の守護を得られることになった。

劣悪な地である不動村で、神力を秘めた花が咲いたのは奇跡といえる。

しかし、村を守るといっても、簡単なことではなかった。法輪坊は決して、強い天狗ではなかったからだ。

法輪坊は花にアマツユリと名をつけ、その神力を取りこんで神通力を溜めることにし、ほかの天狗に奪われないよう、不動村以外の場所では咲かず、手折って外に持ちだした花は枯れてしまう呪をかけた。

一方で、村に花畑を作って村人に世話をさせ、咲いた花は必ず天狗の祠に供えさせた。アマツユリは栽培が難しいので、その村人の手には花を美しく咲かせる力まで与えた。

「それが土岐家の先祖というわけだ。アマツユリは不動山の主だけに捧げられ、主は不動村を守るという契約が成立した。契約を反故《ほご》にすれば、つまりアマツユリが途絶えれば、大天狗の守護を失い、村は滅ぶ。反対に、アマツユリが供えられるかぎり、たとえ代替わりしようとも大天狗は村を守らねばならない。法輪坊さまが神通力を失って死してのち、跡を継がれた玄慧坊さまも、剛籟坊も村のために力を使ってきた」

雪宥は警戒を怠らず、というよりも、逃げる隙を窺いながら天佑坊の話を聞いていた。深く考える余裕はなかったが、アマツユリが大天狗にとって大変重要なものであるのはわかった。

「……今年、アマツユリは咲いたけど、祠には供えられなかった」

ぽつりと零れた言葉を、天佑坊が拾う。

「それは四年前の話だ。時代の流れとともに、土岐家の血筋を絶やさぬようにすること、花を咲かせつづけることが難しくなっているのは、我らにもわかっていた。剛籟坊は契約の形を変える心積もりをしていたのだろうな」

「形を、変える……?」

天佑坊は素っ気なく頷いた。

「そうだ。お前が一番よくわかっているだろう。神力宿るアマツユリの代わりに、剛籟坊はお前を伴侶にした。千年アマツユリと共にあった土岐家の血筋のものでなければ、代わりは務まらん。先々代の結んだ契約を勝手に変えるなど、本当にやるとは思わなかったが、目の前で見せつけられれば、疑いの余地はない。実際のところ、アマツユリはもうないのだから、お前を伴侶にする以外、剛籟坊にしても選択肢はなかったのだろうがな」

かつて、衆人環視のなかで行われた凌辱は、新たな契約がなされた証明だったのだ。天狗たちが言っていた意味を、雪宥はやっと理解した。

「剛籟坊に選択肢がないって、どういうこと」

「言葉どおりの意味だ。アマツユリは長く、御山の主と御山そのものに力を与えてきた。もはや、分けては考えられないほどに。アマツユリが枯れれば、村どころか、御山の守護も難しい。剛籟坊の力が尽きたとき、御山は枯れ、我らは棲みかを失うだろう。剛籟坊の力の源はお前だけなのだ」

凍りついたように固まって、雪宥は天佑坊の話が意味するところを考えた。

剛籟坊は雪宥を好きになり、雪宥だからこそ伴侶にしたのだと言っていた。そこに土岐家の血筋とか、千年前の契約といった事情が複雑に入りこんでいたなど、思いもしなかった。

雪宥がそう思わないように、剛籟坊が黙っていたのだ。汚された伴侶の行く末も含めて、なぜ雪宥に隠そうとするのか、理由がわからない。

「ひっ……！」

考えこんでいた雪宥は、ぬっと伸びてきた手に肩を掴まれ、飛び上がった。

「わかったであろう。泥舟になろうとも、お前が土岐家の末裔で、新たな契約の対価になったことに変わりはない。失えば、なんらかの支障が出るだろう。御山を守るために、剛籟坊はお前を殺せない」

「離せ、離せよっ！」

雪宥は身を捩って逃げようとして引き戻され、埃《ほこり》の溜まった畳の上に倒された。したたかに背中や腰を打ちつけて、痛みが走る。両手をついて起こそうとした身体に、天狗がのしかかってきた。

こんな天狗の思いどおりになど、なりたくない。

「いやだ！　やめろ……！」

必死でもがきながら、剛籟坊とは違う男の重みを感じ、雪宥は震え上がった。

手当たり次第に触れるところを叩いていた両腕は、天佑坊の片手にあっさりと摑まれ、頭上で縫い止められてしまった。

もう片方の手で着物の前を強引にはだけられ、胸元が露になる。

「見るなよっ。俺は剛籟坊のものなんだから、触るな……！」

雪宥は少しでも我が身を隠そうと暴れたが、それは逆効果だった。

「いやか？　なら、いやがるがいい。喉が裂けるまで泣き叫ぶがいい。弱き者の悲鳴は、心地よいものだ」

「あんただって弱いじゃないか！　弱いから、主になれなかったんだろう。玄慧坊さまが剛籟坊を選んだのは……ぁっ！」

パンッと頰を叩かれて、正面を向いていた顔が横に傾いだ。痛みとともに、頰がじわじわと熱くなってくる。

視線だけを上に戻すと、天佑坊は無表情だった。嘲ってもおらず、怒ってもいない。ただ冷たい瞳の奥に、屈辱に燃える炎が見えた。

天佑坊の手が胸元を這いだしたが、雪宥の喉は痞《つか》えたようになって、悲鳴もあげられなかった。

「……美しい肌をしている。惜しいな。俺が主に選ばれていれば、お前も俺のものだった。この艶やかな肌が憎い剛籟坊のものだと思うと、めちゃくちゃに傷つけてやりたくなる」

天佑坊が肌の上に長い爪を立て、乳首の横あたりをすーっとなぞると、うっすらと赤い線ができ、下から血がぽつぽつと浮かび上がってきた。

痛いというより、恐ろしかった。

「い、や……。……やめろ」

震える声を、喉から絞りだす。

「一人で村まで下りてきたお前が悪い。そういえば、隠れ蓑が落ちているのを見たが、せっかくの宝も身につけていなければ意味がなかろう」

「……やっ！」

膝で脚を割られ、不自由な身体をもがかせていたそのとき、ドンという重い音が頭上から聞こえた。

屋敷が揺れて、みしみしと天井が鳴る。

「ぐっ……」

雪宥の上から弾け飛んだ天佑坊が、苦しげに呻いた。

先ほどまでの余裕は失われ、見えない力に上から押さえつけられているかのように、畳に這いつくばっている。その手足は震えていて、相当な圧力を感じているようだ。

雪宥は慌てて屋敷の外に飛びだした。勢いあまって縁側で足がもつれて転び、そのまま庭に落ちる。

「雪宥さま！」

駆け寄って助け起こしてくれたのは、蒼赤だった。

「そ、蒼赤、ごめん……俺……っ」

「もう大丈夫ですぞ。剛籟坊さまがお戻りになられましたゆえ」

「えっ！」

驚いて周囲を探せば、剛籟坊は屋敷の屋根の上に立っていた。

腕を組んで雪宥を見下ろしている顔は、見たこともないほど険しい。ひしひしと怒りの波動が伝わってくる。

さっき聞こえた重い音は、剛籟坊が屋根に下り立った音かもしれない。天佑坊を押さえつけたのは、剛籟坊の神通力であろう。

剛籟坊は雪宥から視線を外し、音もなく飛んで屋根の端に移動した。間髪を容れずに、剛籟坊が立っていた場所から、黒い塊が屋根を突き破って飛びだしてくる。

空高く舞い上がった黒い塊は空中でくるりと方向を変え、鈍く光る錫杖を剛籟坊目がけて打ち下ろした。

「剛籟坊！」

焦って雪宥は叫んだが、剛籟坊はそれを左手一本で止めた。さほど力をこめている様子もなく、よくよく見れば、錫杖に触れてもいない。

天佑坊が渾身《こんしん》の力で突き破ろうとしても、その防御壁はいささかも揺らがなかった。

「若造が、小癪な！」

「お前が生まれたのは、俺より二百年以上も前だと聞いているが、いまだそれしきの神通力しか得られんとは。憐れなものだ」

「ほざけ！」

天佑坊のまわりでなにかが弾け、雪宥には天佑坊が一回り大きくなったように見えた。

「むっ。天佑坊のやつ、いつの間にあれほどの神通力を……！」

雪宥の身体を支えてくれている蒼赤が、不可解そうに呟いた。

「生餌だよ！　こっそり生餌を食らって溜めたって。剛籟坊に勝つために。蒼赤、剛籟坊は負けないよね？」

「剛籟坊さまは、御山のすべての天狗を統べる御方ですぞ。そのような心配は無用にございます」

無用と言われても、やはり雪宥は心配で屋根の上を見つめつづけた。

剛籟坊がさっと左手を払うと、天佑坊は錫杖に振りまわされるようにしてよろめいた。だが、怯むことなく体勢を整え、錫杖を目で追えないほど素早く繰りだす。

一撃も剛籟坊には当たっていない。天佑坊は一度大きく後退し、錫杖を離すと、胸の前で両手を組み合わせた。

そのなかに生まれた蒼い炎を、剛籟坊に向かって投げ飛ばす。

炎は幾筋も空を滑り、見えない壁に阻まれて散った。地上で見ている雪宥にも熱気の名残が襲いかかるほどの、すさまじい熱量だ。

降りかかる火の粉を、蒼赤が黒い翼を広げて庇ってくれた。

「ありがとう」

雪宥が礼を言うと、蒼赤は返事の代わりにカツンと嘴を鳴らした。

晴れていた空が急激に曇り、ぽつぽつと降ってきた雨が瞬く間に激しい土砂降りとなる。稲妻が走ったすぐあとに、落雷の轟音《ごうおん》が響いた。

おそらく剛籟坊目がけて落ちたのだろうが、雪宥は恐怖で頭を抱えてしまい、頭上を見ることができなかった。自分にも落ちてきそうで怖い。

しゃがみこみ、両手で両耳を押さえていると、ゴゴゴーッという形容しがたい重々しい地響きがして、今度は地面が揺れた。

もう、なにがどうなっているのかわからない。蒼赤に身体を支えてもらいながら、雪宥はこの世の終わりが訪れたような気さえしていた。

こんな強大な力を持っている天佑坊に、剛籟坊は勝てるのだろうか。

心配になり、なんとか頭を上げて剛籟坊を探す。倒壊しないのが不思議なほど揺れている屋敷の上に、彼は平然と立っていた。

逞しく長い腕がゆったりと上がり、なにかを払いのける仕種をする。

次の瞬間、荒れ狂っていた世界はもとに戻った。豪雨も落雷も地震も、なにもかもが消え失せている。

「おのれ、羽団扇も持たずに……！」

ことごとく攻撃をかわされた天佑坊の顔は、怒りで歪んでいた。

出かけるときに剛籟坊がいつも持っている白い羽団扇は、代々、主の大天狗に引き継がれるものだと聞いた。山火事が起こっても、その羽団扇で扇げばたちどころに火が消え、逆方向に扇げば、火の勢いが強まる。樹木を薙《な》ぐ突風も、荒れ狂う海も穏やかに鎮める、威力絶大なる大天狗の持物《じもつ》の象徴。

「お前ごとき、羽団扇に頼る必要もない」

剛籟坊が傲岸《ごうがん》に言い放つと、天佑坊の顔がどす黒く沈んだ。

聞き取れない声でなにやら忌々しげに罵《ののし》った天佑坊は、今度は小さな竜巻を起こした。

風のうねりが剛籟坊を巻き取り、吹き飛ばそうとする。

しかし、次の瞬間、吹き飛んだのは天佑坊のほうだった。

天佑坊は屋根に叩きつけられ、地面に落下する前に翼を広げたが、浮き上がることはできなかった。

今度は剛籟坊が炎の弾を作り、天佑坊にぶつけたからだ。

「ぐ……っ」

避けきれずに腹でそれを受けた天佑坊は、どうっと地面に倒れこみ、苦しげに呻いた。上体を起こす間さえ与えずに剛籟坊が飛び下りてきて、焼けた腹の上を高足駄で踏みつける。

悲鳴を堪えたのは、天佑坊の意地であろう。

「無様だな、天佑坊。俺の伴侶に手を出すとは、どこまで愚かなのだ。謝罪の意思はあるか。俺に服従を誓う気が?」

声音は静かといっても過言ではなかったが、雪宥と蒼赤が思わずあとずさってしまうほどの激しい怒気が渦巻いている。

「……」

天佑坊は赤黒い顔で押し黙った。

口先だけでも謝罪し、服従を誓えば、今この場からは逃げられるという思いと、そのために踏みつけにされる自尊心がせめぎ合っているに違いない。

剛籟坊は長くは待たなかった。

「お前は変わらない。ここに至ってまだ悩む、その性根の甘さ、醜さを玄慧坊さまは厭《いと》われたのだ。今さら謝罪や服従を示されても、俺が許すはずもないと、理解できない己の愚鈍さを恨め」

「……！」

足をどけた剛籟坊は、慄く天佑坊の身体をひっくり返して、背中を踏みつけた。土で汚れた翼が一、二度羽ばたこうとした。

「殺しはしない。長いときを、地を這いずりまわって惨めに生きるがいい」

吐き捨てるように言い、力強い手が黒い翼の右側を摑んで一気に背から剝ぎ取った。翼は燃え上がり、灰も残さず消え去る。

人気《ひとけ》のない不動村に、天狗の絶叫が響いた。

9

天狗館に戻った雪宥は、剛籟坊を前にひたすらに縮こまっていた。

剛籟坊の帰館があと数分でも遅かったらと思うと、震えが止まらない。

雪宥が天狗館を抜けだしたのを、剛籟坊ははるか蓮生山で感じ取ったという。よからぬ予感がして、高徳坊に途中で退座する非礼を詫び、一度も羽を休めず、一目散に戻ってきてくれたのだ。供の天狗たちは剛籟坊ほど速く飛べないため、いまだ帰路の途中にあるらしい。

背中の白く綺麗な翼が、見たこともないくらい乱れているのを見て、早く帰るために彼がどれだけ無理をしたのかが、雪宥にもよくわかった。自分のしでかした愚かなことが、いっそうの重みを持ってのしかかってくる。

「言いつけを破って、なぜ外へ出た。それに、宝物庫のものを勝手に持ちだしていいとは、言わなかったはずだが」

「ごめんなさい。……本当に、ごめんなさい」

正座をしていた雪宥は、両手を前について深く頭を下げた。

いつも砂糖水に溶かしこんだように甘やかしてくれる剛籟坊も、さすがに硬い表情を緩めることなく、腕を組んで雪宥を見下ろしている。

「そんなに人の世界が恋しいか。家族に会いたいか」

雪宥はおずおずと言いわけを試みた。

「恋しいっていうか、一目見たかったんだ。何度も言ったけど。おじいちゃんの家に両親と弟がまだ残ってるなんて思ってなかった。ただ、今なら咲き残ってるアマツユリがあるんじゃないかと思って、それを見て気持ちの整理をつけたかっただけ。どうして、こっちと人間界では時間の流れが違うって教えてくれなかったの？　それも四年も経ってるなんて」

「天佑坊に聞いたのか」

「うん」

「教えてどうなる。お前はもう二度と戻れはしないのに」

突き放したような素っ気ない言い種に、雪宥は顔を上げた。

「戻れるとか戻れないとかは関係ないよ。戻れないからって隠すのはおかしい。訊いても教えてくれないし、隠されると余計に知りたくなるのは当たり前だろ」

「人間界のことなど、忘れたほうがいいのだ」

「そんなに簡単にはいかないよ！」

電気のスイッチを切るように、急にすべてのことを忘れられるはずがない。たとえ、そのほとんどが、家族に馴染めない苦痛ややるせなさに彩られていようとも、楽しい思い出だって、ないわけじゃない。

「だから、言いつけを破っても仕方がないと？　自分がどんな目に遭いかけたか、わかっているのか」

　剛籟坊の声は厳しかった。

「……わかってる。剛籟坊が教えてくれないことを、天佑坊が教えてくれた。アマツユリがこの山でいかに大事なものかとか、アマツユリの契約が俺に切り替わったこととか、剛籟坊以外の天狗と交わったら、俺がどうなるかってことも。言うことを聞かなかった俺が一番悪いのはわかってる。でも、そんな大事なこと、なんで教えてくれなかったんだよ。知ってたら俺だって、もっと注意したよ」

「結果がわからなければ、俺の言うことが聞けないのか」

　雪宥はぐっとつまった。

　忠誠心を試されているように感じたからだが、じきに、そこまで無条件に剛籟坊に従属しなければならないいわれはないと思った。

　剛籟坊はたしかに、天佑坊たちの慰み物にされるところを助けてくれた。伴侶となった雪宥に親切にし、大事にもしてくれる。

　ありがたいと思っているけれど、だからといって、なんの事情も説明せず、結界のなかに閉じこめて外出を禁じ、麓の村を遠くから見るだけも駄目、家族のその後の暮らしぶりを訊ねることさえ許さない、というのはおかしい。

「結果って大事だよ。身体が泥に変わるっていう、泥舟……だっけ。それになるぞって脅されたら、言いつけは守るよ。怖いから。でも、謝って許してもらえる程度のことなら、破ってしまう。剛籟坊がどう思ってるのか知らないけど、俺は弱くて情けない人間なんだ」

「お前はもう人間ではない」

気色ばんで、雪宥は剛籟坊を睨んだ。

「そんなに細かく指摘しなくてもいいだろ！　たとえて言っただけじゃないか」

剛籟坊にはしばしばこんなところがあって、さして重要と思えないことをいちいち指摘してくる。人間か天狗かを厳密に区分する前に、説明すべきことがあるはずだ。

アマツユリは大天狗の神通力の源であるのを通り越し、御山そのものにも力を与えていたと天佑坊は言っていた。そして、アマツユリの代替となれるのは、土岐家の血筋の者でなければ駄目だとも。

それならば、天佑坊たちから雪宥を助け、伴侶にしたことは、結果的に剛籟坊や御山のためになったのではあるまいか。

さらに、汚された雪宥が泥舟に成り果てたとき、神通力を増幅させられずに困るのは剛籟坊なのではないか。

そうなってくると、雪宥の在り方も変わってくる。剛籟坊がいなければ二日と生きていられない雪宥が持たざるを得なかった引け目や惨めさは、かなり軽減されるだろう。

誰かへの依存を強制されるのは、つらいものだ。

我儘を言うことはあっても、雪宥は剛籟坊を本気で怒らせることがないよう、いつも顔色を窺っている。

はじめのころは自分の運命を受け入れがたくて、剛籟坊にもひどいことを言い、散々手を焼かせたけれど、今はもう無理だ。怒っている剛籟坊に、気まずい思いをしながら抱いてもらったり、剛籟坊が身体をつなげることを拒否すれば、彼の性器を口に含み、精液を出してもらわなければならないなんて、考えただけで気が滅入る。

今回の脱走だって、最悪の場合でも、箱庭に戻されるくらいだろうと思っていたから決行したのだし、あとでどんなに怒られても、どんなに気まずくなっても、許してくれるまで謝るつもりだった。

だが、泥舟になってしまったら、そこで終わりだ。謝罪は意味をなくし、許しが与えられることもない。

命のあるかぎり。

つまり、永遠に。

雪宥は奥歯を噛み締め、剛籟坊を見据えた。

「もし俺が泥舟になったら、俺を殺す？」

「殺すわけがない。馬鹿なことを言うな」

「殺してほしいって頼んでも？　そんなになってまで生きていたくないって言っても、駄目なの？」

「駄目だ」

考える間もなく否定されたのを、喜ぶべきなのか悲しむべきなのかわからない。

泥舟になれば、雪宥とても、今までどおりに暮らせはしない。

剛籟坊は雪宥を疎むようになるだろうし、まずい己の身体を抱かせつづけることに、先に耐えられなくなるのは、雪宥のほうかもしれない。

親しい人に疎まれて過ごす日々の情けなさや、己の身の置きどころのなさを、雪宥ほど実感しているものはいないからだ。

人間でいたころなら、家族から離れ、自立することを目標にすればよかった。恋人を見つけ、自分の家族を新しく作ることもできただろう。

だが、天狗の伴侶になってしまった今は、どうすればいいのだ。泥舟になっても、雪宥は剛籟坊の精がなければ生きていけないのに。

「それは俺が、アマツユリの代わりに不動山にとって必要なものだから？」

「お前は俺に必要なものだ。御山にとってではない」

「俺は剛籟坊の伴侶であって、奴隷や下僕じゃないよね」

「当たり前だ」

「それなら、俺は知っておきたい。天狗界のいろんなことを。どんなに残酷なことでも知っておきたいんだ。天狗館から出るのが危険だってことは、身に沁みてわかったよ。もう出たいって言わないから、俺が知りたいことは全部教えてほしい」

「それはできない。知らないほうがいいこともある。忘れたほうがいいことも」

衝動的に剛籟坊を罵りそうになったが、雪宥は言葉を呑みこみ、開いた口を閉じた。そして、言うべきことをまとめてから、口を切った。

「知らなかったからこそ、俺は馬鹿なことをしでかして、天佑坊に襲われかけたんだよ。もう少しで取り返しのつかないことになるところだったのに。それから、忘れたほうがいいかどうかは俺が決めることで、剛籟坊に指図されたくない」

こんな生意気な言い方をしたら、剛籟坊はさすがに怒るだろう。今夜だって、彼の精を飲ませてもらわないといけないのに、これ以上機嫌を損ねたくない。

わかってはいたが、止められなかった。

剛籟坊はしばらく雪宥を眺め、頑是ない子どもに言い聞かせるように説いた。

「なにもかもを知る必要はない。ここにいるかぎり、お前を思い悩ませる事態は起こらない。人間と天狗では勝手が違うだろうが、こちらの世界に早く馴染み、楽しいことだけを考えて暮らせばいい」

その言葉を聞いた途端、雪宥は呆気に取られてしまった。

わかってくれると信じて懸命に心情を訴えていたのに、相手がじつは言葉の通じない動物であったかのような虚脱感が全身を満たす。

それでも、納得できない言い分に丸めこまれて、諦めるわけにはいかなかった。懸命に理解の糸口を求めて、剛籟坊の真意を探る。

なぜこれほど頑なに、隠そうとするのか。

すべてを忘れ、楽しいことだけを考えて生きろというのは、雪宥のことを思いやっているようでいて、そうではない。雪宥の幸せは忘却の上には成り立たないのに、剛籟坊は聞こうとしない。

そのとき、雪宥はふと真実に行き着いた気がした。

剛籟坊はいにしえより脈々とつづく契約に従っただけなのだ――という真実に。

伴侶の交わりは契約の更新に過ぎず、アマツユリの対価である以上、伴侶の選択は雪宥以外にはありえない。

自分を好きになってくれたから、土岐家の血筋など関係なく伴侶にしてくれたのだと思っていた。それは誤りで、雪宥だからではなく、雪宥でなければならなかった。

雪宥がどんな容姿で、どんな性格をしていようとも、そして、どんな我儘を言って困らせようとも、剛籟坊は伴侶を守る。

不動山と不動村を守る契約に縛られて。

「俺、勘違いしてたんだ……」

　雪宥はぽつりと呟き、恥ずかしくなってあちこちに視線をさまよわせた。

「勘違い？　なんのことだ？」

「剛籟坊は……俺を好きなんじゃないかって、思ってた。好きになってくれたから、伴侶にもしてくれたんだと思ってたけど、本当は違うんだよね。剛籟坊のなかにはまずアマツユリの契約があって、土岐家の血筋がほかにいれば、伴侶は俺じゃなくてもよかったし、俺が土岐家の血を引いてなければ、伴侶にはしなかった。でも、そんなことを言ったら俺が怒ると思って、黙ってたんだろう？　剛籟坊だって、言いづらいもんね。結界に迷いこんだ俺が、土岐家とは関係のないただの旅行者だったら放っておいた、なんて」

「ただの旅行者では、結界を抜けられない」

「そんなこと言ってるんじゃない！」

　苛立った雪宥は、立ち上がって剛籟坊を見下ろした。話が合わないこと甚だしい。

「だが、起こり得ない仮定は無意味だ」

「俺にとっては大事なことなんだよ！　剛籟坊に必要だったのは土岐家の血筋だけで、俺自身のことなんか、どうでもいいんだろう。だから、俺が人間のときにどんな暮らしをしてたかとか、おじいちゃんのことがどれだけ好きで、忘れるなんて絶対に無理だってことがわからないんだ」

「……」

剛籟坊はなにも言わず、眉をひそめて雪宥を見返している。

その表情の意味がわからない。正しいなら頷けばいいし、違うならそう言ってほしい。的外れな返事をする以外は黙っているなんて、ふざけている。

剛籟坊の態度に徐々に激してきて、雪宥はさらに食ってかかった。

「俺はずっと、剛籟坊がどうして俺なんかを必要としてくれるのか、不思議で仕方がなかった。でも、やっと理由がわかったよ。アマツユリの代わりなんだから、剛籟坊が欲しがるのは当然だよね。今までそんなこと、知らなかったから……教えてくれなかったから、本当に俺自身を必要としてくれてるんだって、ちょっと勘違いしかけてた」

「勘違いではない。なぜ、俺を信じない」

「剛籟坊のなにを信じればいいのかわからない」

珍しくまともな返事だったが、雪宥はぴしゃりと返した。

「俺は本当のことしか言わない」

「へぇ、そう。過去は全部忘れて、早くこっちに馴染んで楽しんで暮らせって言ったのも、全部本心なんだ。だったら俺も本当のことを言う。こんな無茶な世界に、どうやって馴染めばいいんだよ！　テレビもゲームもない、新しい本だって読めない、愚痴を言い合える友達もいない。楽しいことなんか、なにひとつないよ」

「……お前が楽しみを見つけられるよう、今まで以上に心がけておく」

「いいよ、俺のことを気遣ってるふりしなくても。俺を外に出さない本当の理由は、誰かに汚されて泥舟になったら困るからだよね？　そういうことはちゃんと言ってほしい。俺がまずくなって、神通力を高める役に立たなくなったら、山も村も大変なことになるんだから、気をつけろって」

自分で言った言葉に、自分で傷ついていた。どんな理由であれ、剛籟坊が助けてくれたおかげで雪宥はこうして無事に過ごしていられるのに、感謝とはほど遠い言葉が口から零れ落ちていく。

爆発した雪宥を受け止めた剛籟坊の端整な顔に浮かんだのは、失意かもしれない。

視線が外され、深いため息をついたあとで、ゆったりと腰を上げる。

「いくら俺でも、お前を人間に戻してやることはできない。天狗界にも俺にも馴染めないと言うなら、好きにするがいい。館の外に出ようと村に下りようと、俺はもうなにも言わん」

突き放したように言い、部屋を出ていく剛籟坊の背中を、雪宥は茫然と見送った。


雪宥の気分は最悪だった。

言い争ってから一週間が経ったが、剛籟坊はほとんど天狗館に帰ってこなかった。

天狗館は剛籟坊の住まいのはずなのに、どこにいるのかわからない。雪宥が飢える直前をはかったように戻ってきて、身体は重ねず、精液だけを口から飲ませ、すぐにどこかへ行ってしまう。

雪宥からの会話も拒絶する雰囲気を全身にまとわせた剛籟坊は、ただ養う義務があるから射精しているのだと言わんばかりだ。

剛籟坊が自ら陰茎を摑みだして勃起させるのを、雪宥はいたたまれない思いで待っていなくてはならない。準備ができるころには、飢えが通常の思考を奪っていて、生きるための唯一の糧にむしゃぶりつく。

出される精液はおいしかったし、弱った命が新たに漲《みなぎ》ってくる感触が心地よかった。

だが、満たされたあとは、ひどく気まずくて惨めな思いをする。剛籟坊は雪宥に触れようとしないので、性交に慣らされた身体が疼くのもせつない。

こんなふうになるのがいやで、剛籟坊を怒らせないように気を使っていたのに、結局はこうなってしまった。飢えの間隔が遠のいて、ほぼ二日に一回の摂取ですんでいるのが、まだ救いといえる。

ひどい言葉をぶつけた雪宥に、剛籟坊は愛想を尽かしたのかもしれない。

つらいけれど、どうにもできなかった。二人の主張は相容れないままで、今でなくても、いずれは同じ状況に陥っていただろうと思うからだ。

昼過ぎだというのに、雪宥は布団の上でごろごろしていた。なにをしてもかまわないと剛籟坊は言ったが、なにをする気にもなれない。

雪宥が落としてしまった隠れ蓑は無事に回収され、正式に使用の許可が与えられたものの、のこのこ外になど出ていけるはずもなく、宝物庫探検もすっかり興味が失せていた。

誰にも迷惑をかけない安全な場所は箱庭だけで、雪宥はあれほど戻りたくないと言った箱庭に自ら足を踏み入れ、広大な庭を散歩したり、温泉に浸かったりして日々を過ごしている。

「雪宥さま。お目覚めですか」

襖を開けて入ってきたのは、蒼赤だった。桜が咲き誇っていた襖は、今またアマツユリの絵に変わっている。

土岐家とアマツユリ、大天狗とのつながりなど、雪宥に隠しておきたいことは、あらかたばれてしまったので戻したのだろう。

「起きてるよ」

言ってから起き上がり、脇にのいて蒼赤が布団を片づけるのを眺めた。これは蒼赤の仕事だから、雪宥は手伝えないのだ。

蒼赤はてきぱきと働き、雪宥の皺《しわ》になった浴衣を脱がせ、若草色の綺麗な着物に着替えさせた。

「今日は箱庭へおでかけになられますか？」

「ううん、行かない」

「では、読みたいご本などございましたら、お申しつけください」

「そんな気分じゃないなぁ」

雪宥が言うと、蒼赤はきゅっと小首を傾げた。困ったときの癖である。

天狗界で楽しいことはなにひとつないと言ったためだろうが、剛籟坊は雪宥に読書の自由も与えてくれた。もちろん、雪宥が直接言われたのではなく、蒼赤からの伝え聞きだ。

試しに数年前に発行されてベストセラーとなり、いずれ読みたいと思っていた歴史小説のタイトルを言うと、その日の夕方には届けられた。

雪宥が人間界を去った年を基準に、奥付の初版は十年前で、併記の最新三十二版は三年後だった。地味にショックを受けた雪宥である。不動村の様子で身に沁みたはずなのに、時間の流れに頭がついていかない。

そして、未来のように思える過去の日付を見ながら、十歳だった弟も成長していることに気がついた。

すっかり読む気をなくし、部屋の隅に放ってある文庫本に、雪宥は視線を投げた。

「こんなふうにぼんやりしてるうちに、人間界じゃ、どんどん時間が過ぎていく。俺がこっちに来てからだと、もう何年くらい？」

「五年でございます」

雪宥は頭のなかでざっと計算した。天狗界での一週間は、だいたい人間界の一年に相当する。こちらで一年過ごしている間に、あちらでは五十年以上の時が流れているのだ。

「ってことは、弟が俺の年齢を追い越すのに、あと二ヶ月もかからない。一年もすれば、どんなに長生きしても母さんは……。あんまり早すぎて、怖いよ」

その次の一年で、弟の寿命も尽きるだろう。

友人たちも同様だ。雪宥を知っている人間は、この世にいなくなる。自分だけが立ち止ったまま置いてけぼりにされたような孤独を感じた。

生まれては死んでいく、生きとし生けるものの摂理から、弾かれてしまった疎外感も。

雪宥の心細さを理解したように、蒼赤は黒い頭を頷かせた。

「こちらへ来て、人間界の流れに取り残された者は皆、必ずそう言います。時間の流れが違うことなど、知りたくなかったと」

「え……？　結界が張ってあるから、御山に人間は入れないんじゃ」

「生餌として連れてこられた子らのことでございます。もちろん、剛籟坊さまが生餌を禁じられる前のことです。生餌は普通、天狗の糧として数日間勤めたのち、人間界に戻されるのですが、極上の蜜を零す者は天狗もなかなか手放しませぬ。一年二年とこちらで過ごすうちに、あちらの月日は容赦なく過ぎていく。彼らは肉親を思い出すとつらいから、いっそ忘れてしまいたいとも言います」

雪宥ははっとして蒼赤を見た。剛籟坊が曲げようとしなかった、知る必要がない、忘れたほうがいいという主張は、それが根拠になっていたのだろうか。

だとしたら、理不尽な押しつけにしか思えなかったことが、優しい思いやりに変わって見える。

「そういうこと、ちゃんと言ってくれればいいのに」

罪悪感に駆られ、雪宥は呟いた。

理由や発言に至るまでの過程を剛籟坊は口にしてくれないから、わからないのだ。

「生餌の話は雪宥さまを怯えさせると、気になさっておいでしたから」

気遣われているのはたしかだけれど、少し方向が違っているように思える。怖がるからと黙っていて、それで雪宥が怒り、剛籟坊に突っかかって喧嘩になったら本末転倒だ。

だが雪宥は、こうと決めたら迷いなく、一途《いちず》なまでに押し通すのが天狗という生き物なのだと理解しつつあった。

不器用で融通が利かないと、天狗に文句を言っても仕方がない。翼があるんだから飛んで見せろと、ペンギンに向かって言うのと同じだ。不可能なのである。

「……この件に関しては、俺が折れるよ。天狗の思考回路についていくのは大変だし、納得できないとこもあるけど、でも、俺を気遣ってくれてたんだから、歩み寄るように頑張る。俺の話を剛籟坊が聞いてくれればの話だけど」

「ぜひ、そうなさいませ。剛籟坊さまは喜んでお耳を貸してくださいますぞ」

早く仲直りしてほしいという蒼赤の思いが透けて見えて、雪宥は苦笑した。

歩み寄らなければならない問題は、それだけではないのだ。ほかのことは、雪宥にもどうしていいかわからない。

「ところでさ、蒼赤は不動村の人たちがどこへ行ったか、知ってる？」

雪宥は話題を変えた。余計なことを話すなという剛籟坊の命令が解かれているようで、わかることなら、蒼赤はなんでも教えてくれる。

「はい。村の外に親族がいる者はそちらへ身を寄せ、身寄りのない者は村の入り口の、比較的土地が安定しているところに養老院なるものを造り、暮らしておるそうです。御山が荒れれば、麓近くの被害が一番甚大でございますから、村からは出られずとも、少しでも遠くへ逃げたのでしょう」

「養老院って、そんなお金がどこに……。あっ、もしかして土岐家の遺産をみんなで分配したとか？」

蒼赤は頷いた。

「後継者である雪宥さまがこちらへ参られ、土岐家は絶えましたので。土岐家に伝わる財は、もとは不動村のためにと玄慧坊さまがお渡しになったものでございます。土岐家のものであって、土岐家のものではございませぬ」

「ええっ、あれって玄慧坊さまがくれたものだったの？　どうしてそんなことに？」

「玄慧坊さまが御山の主だった時代に、土岐家の血筋が絶えようとしたときがあったのです。先代が亡くなって、花作りを引き継いだ当主が若くして流行病に罹《かか》り、生死の境をさまよいました。幸いにも回復し、のちに嫁を迎えて息子もできましたが、いっときは本当に危険な状態でした」

大天狗といえども、全知全能の神ではなく、不測の事態によってアマツユリが枯れる可能性はあり、土岐家に後継者がいなくなった場合も花は咲かない。

守護を失った村はおそらく土砂崩れか洪水か、なにかの災害に見舞われ、遠くないうちに沈む。玄慧坊はそれを哀れに思い、花が枯れるか後継者が絶えたときには、村を捨てて出ていけるよう、村人に財を与えることにした。

アマツユリは土岐家そのものであったから、管理も土岐家に任されたが、それは実際には土岐家が絶えたあとの村人たちのものだったのだ。

蒼赤の説明に雪宥は聞き入り、やがて、小さくため息をついた。

「やっと謎が解けたよ。辺鄙な村で花作りしかしてないのに、あんな大金をどうやって儲けたのか、不思議でしょうがなかったんだ。……あ、でもちょっと待って。そしたら、玄慧坊さまの時代は村人たちと交流があったってことで、そういう御山と村の存続に関することも、伝承として村には残ってたんだろうね」

「玄慧坊さまが財をお与えになったのは、三百年以上前のことだそうです。そして、それ以降は御山に結界を張り、人間との交流はお持ちにならなかったと伝え聞いております。天狗に会えなくなっても、財は残りつづけるのですし、使い道も決められているとなれば、村人のほうにもなにかしら、伝わっていたのではないかと思いますが」

「そうだね。おじいちゃんの葬儀のあと、遺産のことを確認しに村長さんが屋敷に来たんだけど、今思えば、すごい険しい顔してた。両親が俺の代わりに話し合いに出ていったら、よそ者では話にならないって一刀両断だったよ」

アマツユリが枯れたとき天災が襲う、速やかに村を捨てるべし、などという言い伝えを、現代社会に生きる大人が信じていたとは考えづらいが、不動村の住人にはたしかに、時代の流れに取り残されたようなところがあったと思う。

「言い伝えだけなら、本気にしなかったかもしれませぬ。しかし、ほかに説明のつかぬ莫大な財が継承されておりますゆえ」

「うん、俺も信じちゃうかも。残念だなぁ。おじいちゃんにもっと詳しく聞いておけばよかった。俺の父さんは土岐家を継ぐのがいやで東京に出ていって、俺も外で生まれた子だから、村の言い伝えとかほとんど知らないんだ。父さんが生きてたころには里帰りしてたけど、父さんとおじいちゃん、仲が悪かったから、そういう話ができるような和やかな雰囲気じゃなかったんだよね。子ども心に気を使うっていうか」

「お察しいたします」

樹の股から産まれた天狗がさもありなんと頷く姿に、雪宥は笑った。こんなふうに蒼赤と話しているると、剛籟坊と喧嘩をしていることを少しは忘れられる。

「おじいちゃんもね、村のことやアマツユリのことを、自分からべらべらしゃべる人じゃなかったんだ。俺は直系の孫だけど、後継者としてあてにはしてなかったっぽい。それとも、頼みにくくて黙ってただけなのかな。まだ若い孫に、過疎寸前の村に戻ってほしいなんて」

「雪宥さまのご意思に任されたのでは。脅しても懇願しても、当人が興味を持ってやる気にならねばつづきませぬ」

意思に任せるということは、引き継いでほしいという気持ちもどこかにあったのだろうか。そんなことすら、思いはかることができない。事情があったとはいえ、希薄な関係しか持てなかったことを、雪宥は残念に思った。

「でもさ、俺がアマツユリの代わりになったんだから、村の人たちはそんなに慌てて出ていかなくてもよかったよね」

「……」

蒼赤はなにも言わなかったが、小首を傾げた。

その仕種にぴんと来た。雪宥には言いにくいことがあって、困っているのだ。

「なに？　なんだよ、教えてよ。今さら隠すなんて、水くさいじゃないか」

きゅっきゅっと小刻みに首を動かしながら、蒼赤はしばらく渋っていたが、雪宥の強い催促に負けて嘴を開いた。

「契約の変更は、並一通りのことではなかったのです。力の源がアマツユリから雪宥さまに替わったとき、御山はざわついて暴れました。千年の積み重ねがあるぶん、変化を受け入れるには時間がかかります。剛籟坊さまはなんとか抑えていらっしゃいますが、襲来した大きな台風を完全に防ぎきることができず、村に被害が出てしまいました」

「被害って、どんな？　土岐の屋敷がぼろぼろだったのって、そのせい？」

「さようでございます。天狗の伝承には懐疑的だった一部の村人たちも、それをきっかけに移転を決めました」

初めて聞いた事実に、雪宥は驚愕して目を見開いた。

「俺は役に立たなかったの？　花の代わりにもならないし、剛籟坊を助けることもできなかったってこと？　伴侶なのに？」

蒼赤は黒い頭をふるふると振った。

「そのようなことはございませぬ。雪宥さまがいらっしゃったから、あの程度の被害ですんだのです。御山も山裾のほうが少々崩れておりますが、御山が荒れることを、剛籟坊さまは承知なさっておいででしたゆえ、さほど混乱もしておりませぬ」

「御山はまだ、鎮まっていないの？」

「いつ鎮まるかはわかりませぬ。このような事態は千年の歴史のなか、初めてのことでございます」

それはつまり、土岐家がアマツユリを供えつづける約束を守れなかったせいだ。雪宥だけが悪いとは思わないが、雪宥にも責任はある。

「俺にできること、なにかないのかな？　アマツユリと同じくらいの力を、剛籟坊にあげるにはどうしたらいい？」

「花と人の精では性質が違いすぎますゆえ。剛籟坊さまと仲睦まじくお過ごしになり、心を尽くしてお仕えするのが一番ではないかと」

返事ができない雪宥に、剛籟坊との仲直りを説いて、蒼赤は部屋を出ていった。


雪宥はじっとしていられず、部屋のなかを歩きまわった。

剛籟坊に腹を立てて暴言を吐いてしまったのは、自分が土岐家の人間でなければ、伴侶には選ばれなかったのだと気づいたせいだ。

ただ迷いこんだだけの人間なら、天佑坊たちに襲われたときにも、助けてもらえなかったに違いない。

それを不満に感じるのは、雪宥が剛籟坊に惹かれているからだ。

血筋もなにも関係なく、自分を選んでほしかった。

剛籟坊がこれまで示してくれた優しさや思いやりに、大天狗としての義務だとか、契約の対価という余計な要素が混ざっていたなんて考えもしなくて、勝手に裏切られたような気持ちになっていた。

完全に八つ当たりである。

もしも、土岐家の人間でなかったら、もしも、剛籟坊が大天狗でなかったら、などと仮定することに意味はないのかもしれない。

優しくされた雪宥が、なにも知らなくても剛籟坊を慕ったように、雪宥が心を尽くしてそばにいれば、剛籟坊も雪宥個人を必要としてくれるようになるのだろうか。

少なくとも、努力してみる価値はある。時間は永遠にあり、二人はすでに伴侶なのだから。心だって寄り添っていたほうが、いいに決まっている。

剛籟坊が戻ってくるのは、明日の夜だ。すぐには許してもらえないと、覚悟しておかなければならない。

「俺の心が折れませんように。……自業自得なんだけど」

情けない呟きを漏らし、雪宥はいつも剛籟坊が座っているところに、前後逆に腰を下ろした。後ろの床の間には、金銀に輝く見事な宝刀が太刀懸にかけてある。羽団扇と同じく、大天狗の持物であると思われた。

宝物庫に入れていないということは、使用する機会があるのかもしれない。

由来や、なんのために使うのかという疑問を、怒っている剛籟坊に話しかけるための話題のひとつにしたらどうだろうか。

ほかにもネタがないか探しに雪宥は立ち上がり、床の脇に設けてある違い棚の天袋を開けてみた。

そこには長方形の箱が入っていた。これまた見事な螺鈿《らでん》と蒔絵《まきえ》で装飾された漆塗りの箱で、長いほうの一辺は二十センチ以上ある。

取りだして蓋を開けてみると、なかには紅い花のガラス細工が入っていた。

「これ、アマツユリだ。剛籟坊がガラスに変えたのかな」

間違って割ってしまわないように、雪宥は慎重に花の置物を手に取った。今となっては、幻の花だ。

ところが、残念なことに花びらが数枚、無残にちぎれている。

「なんだろう。……歯型？」

ちぎれた場所をじっくりと眺めていると、小さな子どもの歯型に見えてきた。

雪宥の頭に、遠い昔の記憶が煌《きら》めいた。忘れていたのか、記憶の片隅にしまわれて取りだすことができなかったのか、わからない。

この花は、幼い雪宥が剛籟坊にあげたものだ。

アマツユリを持って不動山に入った雪宥は道に迷って――本当はおそらく結界を越えてしまって――泣いていた。

この世に一人ぼっちになってしまったようでとても心細かったから、着物を着た青年姿の剛籟坊がふらりと現れたとき、安堵のあまりにいっそう激しく泣いて、あやそうとしてくれていた剛籟坊を困らせた。

剛籟坊は雪宥を抱き締めてくれ、溢れる涙と鼻水で着物を汚しても怒らなかった。

今まで、どうしても思い出せなかった事柄が、洪水のように押し寄せてくる。

雪宥がようやく泣きやんで落ち着くと、剛籟坊は大きな手を差しだした。迷子にならないように手を引いて、村まで送ってやるという意味を摑みきれなかった雪宥は、自分の手に握っていた数本のアマツユリを、剛籟坊の手にぽんと乗せた。

深い意味はない。剛籟坊はアマツユリと雪宥を見比べ、なにも言わずに花を食べた。

もしゃもしゃと。

びっくりして、食べられるのかと訊いた雪宥に、お前は無理だと返された。剛籟坊がおいしそうに咀嚼《そしゃく》していたから、試さずに諦めるのが悔しくなった。

だから、剛籟坊にせがんで、一口だけ齧らせてもらったのだが、花びらはやっぱり、苦くてまずかった。

せっかく止まった涙がまた出そうになって、口をへの字に結んだ。

苦笑した剛籟坊に頭を撫でてもらい、手をつないで山を下りた。剛籟坊はすぐに雪宥の足が疲れていることに気づいて、ひょいっと抱っこしてくれた。

重いと言われ、母親にも抱っこはなかなかしてもらえないのに、この人はいやな顔もせずにしてくれる。

雪宥は剛籟坊が大好きになった。嬉しくて、逞しい首にしっかりと抱きついて甘えてしまった。

麓まで下りる間にいろんな話をしたように思うが、あまり詳しくは覚えていない。ただ、非常に楽しかったのはたしかだ。

屋敷が見える場所で下ろされると、寂しくて泣きそうになった。

お兄ちゃんにまた会いたい、明日も遊びに行っていいかと訊いたのは雪宥のほうだ。

待っていると剛籟坊は言い、山に入るときは必ずアマツユリを持ってくるよう、念を押した。

そうだ。山に入るときは花を持っていないといけない。

十四年ぶりに不動村に戻り、不動山に登ろうとしたとき、わざわざアマツユリを摘みに戻ったのは、きっと無意識にこのことを覚えていたからだろう。

記憶として残っていなくても、それだけ重要なこととして、自分のなかに深く刻まれていたのかもしれない。

「でも、俺は約束を守れなかった」

雪宥は花びらについた己の歯型に指を這わせ、ぽつりと呟いた。

明日も遊びに行くと言ったのに、祖父と言い争った両親は急に帰京を決めてしまい、翌早朝には、荷物と雪宥を車に積んで村を出た。

優しいお兄ちゃんが山で待っているのではないかと思うと、申し訳なさで小さな胸が苦しくなり、車のなかで雪宥はずっと泣いていた。

それなのに、東京の家に帰り着いたときには記憶はすでに曖昧模糊《あいまいもこ》とし、約束を破った罪悪感さえ、思い出せなくなっていた。

人間界の時計が結界を越えると止まるように、記憶もまた揺らぐのかもしれない。

自分が齧ったあとの花をどうしたか、雪宥は覚えていない。結界を越えたことによって生じた支障ではなく、気にしていなかったから記憶にないだけだ。

綺麗なアマツユリはいくらでも手に入っただろうに、子どもが齧った汚い花を、剛籟坊はガラス細工に変化させて大事に持っていた。

雪宥の心に湧き立つものがあった。

そのときから契約対価の変更と、土岐家の一番幼い直系を伴侶に迎える計画を、剛籟坊が立てていた可能性は高い。

だが、雪宥が山で迷ったのは偶然だし、まだ若い父が元気にしているのだから、後継者問題は今ほど差し迫っていなかった。

雪宥に親切にしてくれたその気持ちに、疾しい部分など欠片もなく、見返りを期待してもいなかったはずだ。

雪宥はまだ、天狗の生餌にも伴侶にもできない子どもに過ぎず、邂逅《かいこう》の記憶も人間界に戻れば靄《もや》に包まれてしまうことを、剛籟坊は知っていただろうから。

「馬鹿だ、俺。剛籟坊にひどいこと言っちゃった。怒って当然だよ」

雪宥は自己嫌悪してうなだれた。雪宥にだけ自らの精を与え、雪宥の精を飲もうとしないのは、神通力の増幅に剛籟坊自身が頓着していない証拠ではないか。

そもそも剛籟坊は、雪宥が肉体の交わりを決意するまで雪宥には触れず、精を寄こせとも言わなかった。彼にとって、血筋と契約など二の次だと、こんなにはっきり意思表示されていたのに、気づこうとしなかった。

「……！　ほんとに馬鹿だよ、俺は！」

雪宥は思わず、手に持っていた歯型のついたガラスの花を握りつぶしそうになり、我に返って慌てて力を緩めた。

着物の袖で指紋を拭き、丁寧に箱に戻して棚へしまう。

謝らなければ。雪宥は顔を上げた。

剛籟坊が来てくれるのを、明日の夜まで待ってなんかいられない。

10

「蒼赤！　剛籟坊に会いに行くから、居場所を教えて！」

鈴蘭の鈴で蒼赤を呼び、雪宥は勢いこんで訊いた。

「剛籟坊さまのお手を煩わせてはなりませぬぞ、雪宥さま。おとなしくお帰りをお待ちになったほうが」

「待てないんだ。手を煩わせるんじゃなくて、謝りたい。剛籟坊が許してくれるかどうかわからないけど、でも許してくれるまで謝るつもりだよ」

ほう！　と短く息を吐きだし、蒼赤はカツンと嘴を鳴らした。

「つまり、剛籟坊さまに許していただき、仲睦まじくなさりたいのですな」

真っ黒の瞳がきらきらと輝いている。

「え……。まぁ、そうかな。剛籟坊が許してくれればね」

「そして、仲睦まじくなさりたいのを、明日の夜までお待ちになれないと」

「……う。っていうか、今すぐしたいのは謝ることだよ。論点がずれてきてる」

仲睦まじくという言葉は、否が応でもセックスを連想させて、雪宥はしどろもどろに修正を試みた。

「ずれてなどおりませぬぞ。主とご伴侶さまが仲睦まじくなさるのは、御山のためにもよいこと。では、長尾と白翠に訊いてまいりましょう。斜めに傾いだ剛籟坊さまの御機嫌がなおれば、我らも嬉しゅうございます」

慌ただしく出ていく蒼赤は、雪宥の心境の変化を心から喜んでいるようだ。

またまた反省した雪宥である。主と伴侶の喧嘩は、二人だけの問題ではなかった。心配をかけ、気遣わせてしまったことが申し訳ない。

剛籟坊の不機嫌な顔を思い出すと、委縮して身が竦む。もしも許してくれなかったらと考えるだけで、胸が締めつけられた。

けれど、自分の犯した過ちは自分でなんとかするしかない。

待つほどもなく、蒼赤が戻ってきた。

携帯電話などない世界で、どのような手段で連絡を取っているのかわからないが、剛籟坊は御山の海側を視察しているので、そこまで運んでくれるという。

縄《つ》で吊るした腰輿《たごし》に雪宥を乗せ、二人の木っ葉天狗がぶら下げて飛び、蒼赤ともう一人、青羽が護衛についてくれるらしい。

大仰になってしまう移動方法と、予想外の大人数に雪宥はたじろいだ。

「……やっぱり俺、剛籟坊が帰ってくるのを、おとなしく待ってたほうがいいのかな。みんなに迷惑をかけるのは悪いし」

「ご伴侶さまに直接お仕えできるのは、光栄なことでございます。木っ葉天狗は初めての大任に、胸を膨らませておりますぞ。ねぎらいのお言葉をおかけくだされば、いっそう励んでお仕えするでしょう」

気は引けるが、そう言われると今さら断りにくい。

「剛籟坊には、俺が会いに行くって伝えたの？」

「もちろんでございます」

「なにか言ってた？」

「雪宥さまのお好きになさればよいと」

不動村に下りようと、御山を散歩しようと、どこへなりとも雪宥が望むところへ行けばいい。それが剛籟坊のところであっても、拒否しない。それだけの話だ。

雪宥の歩み寄りを歓迎してくれているわけではないようで、思わず肩を落とした。

「でも、来るなって言われるより、ましだよね」

自分で自分を慰めた雪宥は、蒼赤と連れ立って天狗館の外に出た。

大門のところで、青羽が待っていた。腰に物々しく太刀を佩き、手には立派な羽団扇を携えている。

剛籟坊が持っていた羽団扇に似ていると思い、じっと見つめていると、蒼赤が気づいて頷いた。

「雪宥さまをお守りするよう、剛籟坊さまが特別に羽団扇を授けてくださったのです」

「……いつ？」

「仲違いをなさった日からでございます」

俺が誰かに襲われて泥舟になったら困るからだろう、とは思わなかった。そんな考え方はもうしない。怒っていたって、彼はこんなにも思いやりを示してくれる。

雪宥は腰輿に怖々乗りこみ、落ちないように縁を両手で摑んだ。

「重くて大変だろうけど、俺を剛籟坊のところに連れていってください。蒼赤と青羽も、よろしくお願いします」

伴侶から直接言葉をかけられた木っ葉天狗は、翼を膨らませて喜びを示した。そのまま雪宥に直答する許しまでは、与えられていない。

青羽が頭を下げ、お任せくださいと請け負った。四人の翼がいっせいに広げられ、蒼赤の合図で飛び立つ。

縁を摑んだ指に力を入れ、雪宥はぎゅっと目を閉じた。空を飛ぶのは苦手なのだ。大柄な剛籟坊の逞しい腕にしっかり抱かれていてさえ怖いのに、ぐらぐら揺れて、斜めになったら滑り落ちてしまいそうな腰輿では余計に恐ろしい。

だが、弱音は吐けなかった。海側へ行くには、天狗館をくるりと越えていかなければならない。

海の上に差しかかると、荒立っている波音が聞こえ、潮の匂いが鼻を掠めた。

そのとき、御山のほうからなにかが飛んできて、避けた木っ葉天狗が体勢を崩した。雪宥の頭上を幾筋もの蒼い色の炎が通り抜ける。

「うわっ！」

腰輿を吊っていた縄が一本焼き切れ、雪宥は空に放りだされた。

海に落ちる、と衝撃を覚悟したとき、強烈な風に煽られて身体が浮き上がった。

「雪宥さま！」

白黒している目を向けると、青羽が羽団扇を扇いでくれていた。

斜め上に扇ぎ飛ばされたものの、頂点にたどり着けば、重力に従ってまた落下が始まる。

雪宥はなすすべもない愚鈍な物体に過ぎなかった。

青羽はつづけざまに飛んでくる火の弾に邪魔されて、思うように羽団扇を操れないようだ。慣れていないので力の加減がわからず、羽団扇に振りまわされているようにも見える。

落ちていく雪宥にも、炎の弾は容赦なく襲いかかった。身を呈して蒼赤が防いでくれているが、それだけで精一杯で、雪宥を受け止めて飛び上がる余裕はない。

落下速度が増し、高波の飛沫が顔にかかったとき、風ではないなにかが飛来して、着水の直前で雪宥を拾い上げた。

奥歯がガチンと鳴り、脳が揺れるほどの衝撃が走る。

くれていた。

顔を歪めながら薄目を開けた先には、必死な形相をした剛籟坊がいて、しっかりと抱いて

「雪宥！」

「……っ」

名前を呼びたかったが、恐怖で全身が強張り、声が出なかった。しがみつきたくても、腕は鉛のように重くなっていて指一本動かない。

剛籟坊は雪宥を片手で抱き、もう片方の手で青羽から羽団扇を受け取った。右から左へ一扇すると、矢のように鋭く向かってきていた炎が、途中ですべて掻き消えた。

石礫《いしつぶて》が飛んでこようと、旋風に吹きつけられようと、羽団扇はいとも簡単に無効にしてしまう。

受け身でいたのはわずかの間で、剛籟坊は力強く翼を羽ばたかせ、攻撃の起点となっている場所へ向かった。全身に焦げ跡のついた蒼赤と青羽、二人の木っ葉天狗もあとにつづき、剛籟坊を追ってきたらしい白翠と長尾も合流する。

断崖の上、大きな岩がいくつも転がる荒涼とした場所に、天狗たちが立っていた。数は六人、泰慶と広法、それに天佑坊の顔も見える。

身体が少しずつ動くようになり、雪宥は剛籟坊から離れようとした。震えてガチガチと歯が鳴っているが、邪魔になりたくない。

「離れるな」

しかし、剛籟坊は短く囁いて黒い岩の上に下り立ち、雪宥をいつもと変わらず縦抱きにしたまま、地面に下ろそうともしなかった。

雪宥は仕方なく、両腕を首にまわしてしがみついた。

「またお前か、天佑坊。片翼を失っただけでは懲りなかったか」

「我らはお前を主だとは認めん。御山のこのありさまを見ろ。海は荒れて鎮まらず、突風で山肌は削られ、豪雨に曝され各所で土砂崩れが起きている。お前が勝手に契約を変えるから、こんなことになったのだ」

答えたのは泰慶だった。顔色の悪い天佑坊を、抱くようにして支えている。その目には怒りよりももっと深い、憎悪が浮かんでいた。

「初代と先代がアマツユリの神力によって治められた御山を、俺は伴侶の神力を得て治めようとしているのだ。変革には時間がかかり、また痛みも伴う。そう騒がずとも、じきに落ち着く。お前たちの棲みかにまで影響は及んでいないはずだ」

「いや、お前には乗り越えられない。お前の神通力が萎み、底が見えているのがはっきりとわかるぞ。伴侶の精が糧になっていないのであろう。お前は失敗したのだ」

「違う、違う！　剛籟坊は失敗なんかしてない！　俺が悪かったんだ。俺がなにもわかってなかっただけ。これからはちゃんとできる！」

たまらずに、雪宥は口を挟んだ。自分のせいで剛籟坊が侮られたり、責められたりするなんて耐えらない。

剛籟坊はちらりと雪宥を見て、すぐに視線を前方に戻した。

「もう遅い。最悪の結果が出るまで待っていられるほど、我らの気は長くない。我らは我らのやり方で御山を守護するのだ」

「ならば、俺に直接挑めばいいものを。なぜか弱い伴侶ばかりを狙う」

憤りで声を低くした剛籟坊に、泰慶は嘲笑を浮かべて言った。

「お前を苦しめたいからに決まっている。お前は世にも美しい天佑坊の翼を捥いだのだぞ。天佑坊が味わっている以上の苦しみを、お前に味わわせてやらなければ気がすまない」

逆恨みもいいところだと雪宥は思ったが、剛籟坊も同じだったらしい。

「俺の伴侶を傷つけるなど、万死に値する。だが、お前らに殺すほどの価値はない。小者を何人殺したところで、自慢にもならんしな」

言い終わるやいなや、剛籟坊は羽団扇を上から下へと無造作に振った。

軽く振り下ろしただけなのに、ものすごい音を立てて、六人全員がごつごつした岩肌に叩きつけられた。地震でも起きたような山鳴りが響き、大岩が割れる。

すさまじい威力に、雪宥は目を見張った。

「お、おのれ……っ」

泰慶と広法だけは、口の端から血を流しつつなんとか起き上がろうとしたが、羽団扇を持った剛籟坊の手が左から右へ流れると、二人の身体は炎に包まれて燃え上がった。

猛禽類《もうきんるい》が鳴くような、ギャーッという絶叫が響き渡る。

天佑坊の手が震えながら地を這い、泰慶に伸びたが、なにもできはしなかった。残りの三人はすでに意識がないらしく、ぐったりと横たわっている。

炎のなかで苦しげに広げられた翼がぽとりと焼け落ちるのが見え、やがて、黒く焦げた二人の身体が倒れ伏して動かなくなると同時に、炎も消えた。

「こ、こ、殺したの……？」

無残な光景を途中から見ていられなくなり、剛籟坊の肩口に顔を押しつけて、雪宥は小声で訊いた。

「いや。あの程度なら数日で復活する。落ちた翼だけはもとに戻らないがな」

「……戻らないって、どうして？」

「不死とはそれほど万能ではない。腕や足を切り落とされても死にはしないが、新しく生えてくることはない。それと同じだ」

そう言って、剛籟坊は後ろに控えていた烏天狗たちを振り返り、反逆者たちを捕らえ、土牢《つちろう》に入れておくように指示した。

「復活して元気になったら、逃げだすんじゃない？」

「土牢では神通力は使えないし、溜めることもできない。神通力を散じさせる呪がかけられた特別な牢でな。出られるのは、俺の許しがあったときだけだ。お前に手を出せばこうなるという見せしめにしてやる」

そして、剛籟坊の圧倒的な力を誇示するという意味もあるのだろう。力自慢の古参の天狗たちがまとめてかかっても、主には傷ひとつ負わせることはできないのだと。

安堵の息を吐いたとき、雪宥は剛籟坊と普通に会話できていることに気がついた。危険を顧みずに館を出てきた理由を思い出す。

「助けてくれてありがとう。また迷惑をかけて、ごめんなさい。俺、どうしても剛籟坊に会って謝りたかったんだ」

剛籟坊は黙って雪宥を見、白翼を広げると、雪宥を抱えたまま、殺伐としたこの場所から飛び立った。

荒れる海を離れ、新緑の青々とした葉が茂る木々の合間から滝の流れ落ちる美しい沢の畔へ移動し、腰かけるのにちょうどいい平らな大岩に下ろされる。

荘厳さと爽快《そうかい》さが同時に成立している、不思議な地である。

雪宥は正面に立っている剛籟坊の手を両手で掴み、もう一度謝った。

「本当にごめんなさい。勝手にいじけて、剛籟坊に八つ当たりしてひどいことを言った。すごく、後悔してるんだ。どうしたら、許してくれる？」

剛籟坊はなにも言ってくれない。

仕方がない。それだけのことを、雪宥はしてしまった。

けれど、二人きりになれる、こんな素敵な場所に連れてきてくれたのだから、望みはあると思いたい。

「俺、初めて剛籟坊に会ったときのことを思い出したんだよ。剛籟坊の部屋で、綺麗な箱に入れられたアマツユリのガラス細工を見つけて。花びらに歯型がついてた」

「……食べられないと言ったのに、お前は聞かなかった」

ようやくしゃべってくれた。剛籟坊の瞳は、昔を懐かしむように細められている。

仄かな笑みが口元に漂っているのを見て、雪宥は嬉しさで身悶えしそうになった。機嫌のいい顔なんて、久しぶりだ。

「ことあるごとに俺を抱き上げて運んでくれるのは、あのとき俺が、抱っこが大好きだって言ったから？」

「そうだ。足元にまとわりついてきて、抱っこ抱っことせがまれるのが、俺は嬉しかった。なぜ今はせがまない？」

雪宥は微笑んだ。

「大人になったから。抱っこをせがんでいいのは子どもだけなんだ。でも、剛籟坊が気にしないなら、お願いしてみようかな」

「俺は気にしない。もう癖がついてしまって、せがまれなくても抱き上げてしまうが、せがまれるほうが好きだ」

「じつを言うと俺も気に入ってるんだ、その癖。……剛籟坊は優しかった。いつだって優しい。俺が子どもでも大人でも関係なく。子どものころの俺は、初めて会った人なのに、ほんの短い間しか一緒にいなかったのに、剛籟坊が大好きになってた。抱っこは大きな要因だったけど、それだけじゃないよ。ずっとずっと一緒にいられたらいいなって思ってた」

　雪宥は一度言葉を切って、頭を下げた。

「だから、こないだは馬鹿なことを言ってごめん。花びらの歯型を見るまで思い出せなくて、思い出したら、自分で自分の首を絞めたくなった。剛籟坊は神通力のために俺を伴侶にしたんじゃない。やっとわかったんだ。何度でも謝るよ。ごめんなさい」

「わかってくれたのなら、謝ることはない」

　剛籟坊はそっと抱き締めてくれたが、雪宥はさらに謝った。

「それに、十四年前のことも。次の日の約束を破って悪かったと思ってる。遊んでほしいって俺が頼んだのに。言いわけだけど、すぐに東京に帰ることになって、山に行けなくなっちゃったんだ」

「かまわない。不死の天狗に時間は関係ない。ずっと待っているつもりだったし、お前はこうして帰ってきたのだから、約束を破っていない」

雪宥は思わず、剛籟坊の顔をまじまじと見つめた。

「……待ってたって、十四年だよ？　遅刻するにもほどがあるよ。あ、でも、こっちの時間にすれば三ヶ月半くらいか」

「いや、十四年だ。主の役目のため、ときおりは御山に戻ったが、ほとんど人間の時間に身を置いていた」

「そんなことができるの？」

「ああ。人間が老いるのは早い。気をつけていなければ、あっという間に死んでしまう。だが、天狗は人間の世界に関わってはならないことになっている。主の座に取って代わりたい天佑坊たちが俺の行動を監視していたから、身を置けたのは不動村だけだった。俺はお前を送り、手を振り合って別れた場所で土岐の屋敷を窺い、お前が戻るのを待っていた」

夏も冬も雨の日も雪の日も、剛籟坊がじっと佇んでいる場面が脳裏に浮かび上がり、雪宥は胸を締めつけられて叫んだ。

「そんな……！　戻るかどうかわからないのに？　十四年も？」

「楽しい時間だった。幼いお前を思い出し、大きくなっていくお前を想像するのは」

「だけど、もし俺が早熟な子どもで、女の子とその……セックスをしてしまっていたら、戻ってきたって剛籟坊には会えないんだよ？　伴侶にもなれない！　おまけに、それで俺が花作りを引き継がないって言ったら、最悪じゃないか。どうするつもりだったんだよ」

「命かけて御山を守る覚悟だった。だが、お前は無垢で帰ってきて、俺の伴侶になり、俺の腕のなかにいる」

「……」

満足そうに言う剛籟坊に、束の間、雪宥は言葉をなくした。

「毎日欠かさず見ていたのに、お前が帰ってきたのは、大天狗の集会があったときだった。ほんの少し目を離した隙に、成長したお前はアマツユリを持って御山に入り、天佑坊たちに見つかってしまった。あのときは肝が冷えたぞ」

「二十歳になった俺が、あのときの子どもだとわかったのはどうして？　いくら想像してたって、顔つきは変わってると思うけど。それとも、土岐家の人間独特の匂いがあるの？」

「お前だからだ。十四年経とうと五十年経とうと、俺にお前がわからないはずがない」

それが当然のことのように、剛籟坊は言いきった。黒い瞳はいささかの揺らぎもなく、雪宥にもそれが真実だとわかった。

三百年以上生きている御山の主の大天狗は、もっと老獪《ろうかい》であってもいいと思うが、剛籟坊はひどく純粋で一途だ。

それは雪宥を感動させ、人間とは違うという事実を再認識させた。

融通の利かない、優しい生き物。この温かい腕のなかに戻れて、嬉しかった。ここは雪宥の唯一の居場所だ。二度とここから離れたくない。

「俺を待っててくれて、ありがとう。俺は剛籟坊と一緒に生きたい。今までずっと、自分だけが理不尽な目に遭ってると思って不満だった。人間に戻りたいって思ってたし、人間界に未練があった。でももう、今はないよ。伴侶として、剛籟坊を助けてあげられたらいいなって思う。俺にできることなんて、少ないだろうけど」

「俺とともに過ごしてくれるのか。こちらには楽しいことはひとつもないらしいが」

雪宥は呻きそうになった。剛籟坊はただ事実を述べているだけで、皮肉を言っているわけではないとわかっていても。

「あれも言いすぎたよ、ごめん。テレビやゲームが本気で欲しかったわけじゃない。友達はいたけど、親友と呼べるようなつき合いじゃなかったし。本当に、自分が情けないよ。あんなふうに当たり散らすなんて。遅くなったけど、自分の欲しいものがやっとわかった」

「欲しいもの？」

「剛籟坊のこと。こっちの世界にも、すぐに馴染めると思う。愚痴を言いたくなったら蒼赤に言うし、剛籟坊がそばにいてくれればそれでいい。暇を持てあましたら、剛籟坊を観察して日記をつけるよ」

「書いたら見せてくれ。気になる」

「剛籟坊ってば！」

こういう可愛らしいところが、大好きだった。

雪宥が声をあげて笑うと、剛籟坊も微笑み、また強く抱き締めてきた。

「こちらに迷いこんだ人間は、あちらに帰ると記憶が歪んでしまう。時間の流れが違うからだ。だが、こちらに戻れば、記憶も戻る。お前に話そうかと思ったこともあるが、やめた。俺と会ったときのことを、お前には自分で思い出してほしかった。俺が話す記憶は俺のものでしかない。思い出す前に、お前の記憶を塗り替えてしまいそうでいやだった」

少し考え、雪宥は頷いた。

「……うん。言いたいこと、わかる。山で迷って泣いてるときに剛籟坊が来てくれて、どれだけ嬉しかったかっていうのは、俺にしかわからない俺だけの感情だし。自分が齧ったアマツユリを見るまで思い出せなかったなんて、ちょっとショックだよ」

「お前が俺を本当の意味で受け入れてくれるまで、何年でも待つしかないと覚悟していた。もっと優しくできればよかったんだが、俺を嫌っているお前の顔を見るのがつらかった」

精だけを飲ませて、館に寄りつかなかったときのことを言っているのだろう。

「時間の流れが違うことを俺に黙ってたのは、人間界から取り残されて、俺が傷つくと思ったからだよね？　泥舟になることを言わなかったのはどうして？」

「べつに言う必要がなかったからだ。汚されようと泥舟になろうと、俺はお前を手放す気はない。だが、お前が傷つけられるのは耐えられないし、ほかの天狗がお前に触れるのもいやだった。お前は俺のものだから、ずっと閉じこめて大事に隠しておきたかった」

だんまりの疑問は解明されたが、見事なまでのすれ違いであった。

そこまで雪宥のことを想《おも》ってくれているなんて知らなかったから、そんな可能性は想像もしなかった。

誰かが自分を喜ばせようとしてくれていたり、自分が傷つくことに憤ってくれるなんて、信じられない。誰かに大切に守られているという実感は、家族からずっと蔑ろにされてきた雪宥には、未知との遭遇も同然なのだ。

「俺だって、剛籟坊以外に触られるのはいやだ」

「お前と暮らすようになって、わかったことがある。俺のすることは、お前を怒らせてしまうということだ。なにをどうなおせばいいのか、わからない」

「剛籟坊は悪くないよ！」

「……さっき、泰慶たちにもそう言って、俺を庇ってくれたな」

雪宥は顔を上げ、剛籟坊の瞳を真っ直ぐ見上げた。

「だって、本当に剛籟坊は悪くない。剛籟坊が我儘だった俺のことも悪くないと言ってくれるなら、俺たちの意見の食い違いは、俺が人間で、剛籟坊が天狗だからなんだよ。でも俺は、もうすぐ剛籟坊と同じになるから。剛籟坊のちょっとした思いやりに、きっと気づけるようになるから。それでね、剛籟坊のほうも、言う必要がないと思ったことを面倒でも口にしてくれると、俺たちはもっと仲よくなれると思うんだけど」

「心がけよう。それでお前の機嫌がよくなるのなら」

剛籟坊の頰に、雪宥はそっと手を差し伸べた。

飢えが始まるまでにはまだかなり時間があるのに、剛籟坊が欲しいと思った。飢えなど関係なく、彼に抱かれたい。

剛籟坊もそうであってほしいと思う。彼が望むときに、いつでも雪宥を求めてほしい。欲しいと思えば、どこででも。

不意に、愛という重々しい言葉が頭に浮かび、そんな自分に少し驚いてうろたえた。

大天狗の伴侶になるのは、生き延びるための唯一の選択肢だったが、今はそれ以外、考えられない。

だから、言った。

どうしても、伝えておきたかった。心からの想いを。

「ありがとう、剛籟坊。俺を伴侶にしてくれて」

はっと息を呑んだ剛籟坊は、次の瞬間、奪うような激しい口づけで返事をした。

唇をふさがれ、荒々しく貪られる。雪宥も口を開いて、彼を求めた。なかに入ってきた舌を受け入れ、絡め合わせる。

剛籟坊は雪宥の舌を吸いながら、肩から背中を愛しげに撫でまわし、手探りで器用に帯を解いた。

平たい岩の上にゆっくりと押し倒されると、青空が目の端に入り、ここが野外であることに気がついた。蕩けていた意識が急速にはっきりし、そよぐ風が樹の枝を揺らす音や、滝の水が流れ落ちる音が耳に入ってくる。

雪宥は思わず、のしかかってきた剛籟坊の肩に両手を当てて押し返していた。

「えっと、ここで……するの？」

「もう待てない。一週間もお前に触れていない」

「誰かに見られたら、いやだな……」

「大丈夫だ」

御山の主が言うのなら、そうなのだろう。閨《ねや》でしか求められたことのない雪宥は覚悟を決め、力を抜いた。

着物をはだけ、全裸で仰臥《ぎようが》させた雪宥を、剛籟坊は食い入るように見つめている。恥ずかしいけれど、飢えた瞳にぞくぞくするほど興奮した。彼にそんな目をさせているのが自分だと思うと、たまらない。

「今日は一段と美しい」

臆面《おくめん》もなく呟いた唇が首元をたどり、鎖骨を舐めてから、乳首に下りた。左の乳首を吸いしゃぶり、右の乳首を指先で弄ってくる。

「あっ、あっ、……んんっ」

甘く鳴いて、雪宥は腰を捩らせた。やたらと感じるのは、一週間ぶりの交わりだからかと思ったが、剛籟坊に触れられるのが嬉しいからだと気がついた。

剛籟坊はくねる身体を押さえこむように抱き締め、唇と指を交互にして左右の突起を可愛がっている。硬く尖ったそれを指で擦りたて、舌で弾き、歯で挟んだ。

雪宥の性器は早くも勃ち上がり、透明な蜜を零している。

このままでは、いくらもたずに出てしまう。雪宥は密着している二人の身体の間に両手を差し入れ、自分で自分自身の根元をぎゅっと摑んだ。

「う……、ひぅっ！」

悲鳴が漏れて、痛みで身体が跳ねたが離さなかった。

「……雪宥？」

怪訝そうに顔を上げた剛籟坊に、雪宥は苦痛を堪えて言った。

「俺……もう、出ちゃう。剛籟坊に、んんっ、飲んでほしい、のに……」

「可愛らしいことを」

感動したように言ったくせに、剛籟坊は片手を雪宥の両手の上から巻きつけ、ぴくぴくしている陰茎をさらに苦しめた。

「いっ、ああっ……！　ご、剛籟坊……？」

「少しこのまま我慢していろ。今日はここでいかせてやる」

意味を理解する前に乳首をあやされ、雪宥はまた甘く蕩けた。指で摘まれた突起が、ころころと転がされている。

浅い呼吸を繰り返し、脚の間に居座っている剛籟坊をぎゅっと締めつけ、快感に耐えようとした。

「やだ、もうやだ……っ、手、はなし……うぁ……っ」

雪宥が泣きそうな声で頼んでも、剛籟坊は射精を堰き止めたまま、乳首ばかりに吸いついて離れない。

身体が昂ってくると、腰が大胆に跳ねた。せめて自分の手だけでも外そうともがいてみたが、無駄な足掻きにしかならなかった。

「暴れるな。おとなしく、いくところを俺に見せろ」

「いやっ、やめ……やめて……」

低い声で絶頂を強要され、雪宥は背筋を震わせた。

怯えはしたものの、愉悦はひっきりなしに襲ってくる。精液を出さずに達するときの感覚が、這い上ってきていた。

触れられているのは乳首だけなのに、信じられない。乳首で達するなんて、それも射精なしに達するなんて、いけないと思う。

だってそんなの、いやらしすぎる。

しかし、雪宥の身体は止まらなかった。敏感な突起の片方を指先で押しつぶされ、もう片方を舌先で激しく擦られている。

「だ、だめ……っ、そんな、したら俺……、んっ、だめっ……、あー……っ！」

喉から熱い嬌声を吹き零し、雪宥はついに頂点にのぼりつめた。

剛籟坊の逞しい体軀の下で、がくんがくんと身体が暴れる。快感が深すぎて、背中の岩の硬さも気にならなかった。

達しているのだが、精液を出していないから絶頂がいつまでもつづいている。

「お前に触れたくてたまらなかった。今度はここもちゃんと吸ってやる」

わななくいて閉じられない唇に軽く口づけ、剛籟坊は身体を下げた。

さっきまで押さえつけていたくせに、邪魔だとばかりに雪宥の両手を外し、膨れ上がった陰茎にむしゃぶりつく。熱い唇が全体をすっぽりと含み、括れを舌で舐め擦った。

「あ、あ……っ、……んーっ！」

強く吸い上げられると、瞬く間に二度目の絶頂に達し、剛籟坊の口内に勢いよく精を放ってしまう。

濃い蜜を味わった剛籟坊は、残滓まで啜り取ってから、陰茎を口から出した。

濡れたそこに風が当たって、ひやりとする。脱力していた雪宥は、岩の上から抱え下ろされ、後ろ向きに立たされた。

押されて屈んだ上体を岩に預け、尻を突きだす恰好を取らされる。恥ずかしいけれど、剛籟坊が望むなら拒んではいけない。雪宥は自分の着物を掴んで、そこに顔を埋めた。

布団の上で四つん這いになり、後ろから抱かれたことはあるが、これは初めてだ。

剛籟坊が後ろにしゃがみ、尻朶《しりたぶ》を両手で開いた。

「んん……、く……はっ」

慎ましく閉じた窄まりに、唾液を絡ませた舌が張りつく。まわりをくすぐり、綻んだ内側に突き入れてきては、肉襞を舐めまわす。

充分に濡れると、そこに指が添えられた。奥へ奥へと呑みこもうとする蠕動《ぜんどう》は自分では止められない。

指と舌で散々可愛がってから、剛籟坊自身が入ってきた。

「ふ……ぅっ、あぁ……」

硬くて逞しいものが自分のなかを穿つ感触に、雪宥は感じ入ったため息を零した。痛みはなくても、それほどすんなりとは入らない。

肉と肉が擦れ合いながら、結合が深くなっていく。

「あうぅ……っ」

ぐっと奥まで突き上げられて、目の前が白く霞んだ。

根元まで埋めきった剛籟坊が、背中から覆い被さり、雪宥を抱き締めた。

甘い香りが鼻先をくすぐる。ときおり、水や緑の匂いを感じることがあったが、今はもう剛籟坊の匂いしかわからない。

緩やかに腰が動き始めた。内部を探られ、いいところを押し擦られる。

「……ん、んっ」

雪宥は着物をぎゅっと握り締めた。剛籟坊の動きは徐々に激しくなり、音がするほど強くぶつけてくる。

勢いに押されて崩れそうになる両脚を伸ばし、律動を必死に受け止めた。

「うぁ……っ、あ、んぁ……！」

敏感な粘膜を、熱い肉棒が擦りたてていく。長々と抜けていっては、一気に奥へ叩きつけられ、目が眩むような快感に身体が燃え上がる。

雪宥も腰をくねらせ、剛籟坊の動きに合わせた。

「可愛いな、上手にできているぞ」

褒められると嬉しくて、無防備な尻をさらに突きだして剛籟坊に捧げる。

出たり入ったりするのが、気持ちよくてたまらない。肉棒の先の張りだしたところで、襞のひとつひとつを引っ掻かれているようだ。

腹にまわされていた剛籟坊の手が伸び、雪宥の乳首をまさぐってきた。

「や……っ、だめ……！」

びくんと震えた雪宥は、なかに入っている肉棒をきつく締めつけ、腰を引こうとした。

「逃げるな」

「い、やぁ、だって……あぅっ」

愉悦が強すぎるから同時には弄ってほしくないのに、剛籟坊は乳首の先を絞るように摘み、そのたびにざわめく雪宥の肉襞に剛直を強く擦りつけてくる。

「う、うう……っ」

深い快感に呻きつつ、雪宥は首を捻じ曲げた。唇を開けば、剛籟坊がすぐに察して口づけてくれる。

体勢は苦しいけれど、その窮屈な感じもまたよかった。

「ああっ、あ……、あんっ……！　い、いっちゃう……」

限界を告げると、突き上げがいっそう激しくなった。

容赦なく追い上げられて、雪宥は三度目の頂点にのぼりつめた。離れない唇に絶頂の声を吸い取らせ、その瞬間に包みこんでくれた手のなかに精液を迸らせる。

絶頂で引き絞られた肉襞を強く擦って、剛籟坊も果てた。

大きな性器が膨れ上がり、勢いよく弾ける。身体のなかに熱いものが広がり、雪宥を満たしていく。

これは雪宥の命で、なければ困るものだけど、命以上のものを雪宥に与えてくれていると思う。

息苦しくなって唇をもぎ放し、雪宥は澄んだ空気を胸いっぱいに吸いこんだ。

今までたくさん剛籟坊と交わってきたが、今日は特別だった。きっと心が通じ合っているからだろう。

「……ああ、大好き」

思わず呟くと、剛籟坊が掠れた声で即座に訊き返した。

「これがか?」

達してもまだ硬いものを、ゆるゆると突き上げてくる。

「う、ん……これも好き、だけど、違う。今のは、剛籟坊のこと」

静まらない息のなか、途切れ途切れに囁くと、剛籟坊の身体が強張った。じきにつながりが解かれて、また岩の上に仰向けに寝かされた。

脚を大きく開かされ、濡れそぼっている秘部を再び肉棒で貫かれる。放たれた精液のおかげで、簡単に深く結合してしまう。

剛籟坊はすぐには動かず、雪宥を宝物のように抱き締めていた。

雪宥も剛籟坊にしがみついた。あまりにも一体感が強くて、このままくっついてしまいそうに思える。

「さっきから俺ばっかりが好き好き言ってるけど、剛籟坊は？　俺のこと、好き？」

「ああ、お前が愛しい」

　雪宥は笑みを浮かべ、ついなかに入っている剛籟坊を締めつけた。快感が湧き起こり、そのまま腰を動かしたくなるが、我慢してさらに訊く。

「どのへんが？」

「全部が愛しい。幼いお前は可愛かったが、伴侶の契りを交わすことなど考えもしなかった。成長したお前を見たら……俺のものにせずにはいられなかった」

　お前は愛しさの塊でできているようだ、と真面目な顔で言われ、雪宥は笑って照れを誤魔化すべきか、感動して泣きだすべきか、わからなくなった。

　すん、と小さく鼻を鳴らし、剛籟坊の肩に顔を擦りつける。

「俺、これからはちゃんと伴侶らしくする。なにか手伝えることはある？　こういうことをする以外に」

「伴侶の一番大事な仕事は……」

　剛籟坊が珍しく口ごもったので、雪宥はぴんと来た。

「それ、知ってる気がする。その……、新しい生命の誕生に関する仕事、じゃない？」

「蒼赤に聞いたのか？」

「うん。びっくり仰天して息が止まったくらいだけど、本当なんだ？」

「まったく。おしゃべりな烏の嘴を、しばらく縛りつけておくべきだな。こういうことは俺の口から言うべきなのに」

言葉ほど不機嫌そうには見えない表情で、剛籟坊は雪宥を見つめている。その瞳の意味は明白だったが、一応訊いてみた。

「う、産んでほしいの？」

「お前がいやなら、無理に孕ませたりはしない。だが」

「だが？」

「お前に似た子なら可愛いだろうと思っただけだ」

「……！」

なんてことを言うのだろう。ちょっとだけ、ほんのちょっとだけ、自分と剛籟坊の子どもが見てみたいと思ってしまった。

でも今はまだ早い。心の準備もなにもできていない。だが、準備ができたら、自分はどうするつもりだろう。

雪宥は真っ赤になった顔といたたまれない気持ちを隠すため、剛籟坊に口づけた。

あとがき

こんにちは。シャレード文庫さんから出していただく初めての本だというのに、妖怪が書きたいです、と無謀なことを言った高尾理一です。

この本をお手に取ってくださって、ありがとうございました。

妖怪といってもいろいろいます。狐か猫か狸か（え…）河童か（えーっ…）、どれをチョイスしようか迷ったものの、担当さんのプッシュもあって天狗になりました。

こういう話を書くのは初めてで、とにかく難産でした。書きたい気持ちが盛り上がっているわりにまったく進まず、もしかしたら一生書き終わらないんじゃないかと呆然としていた時期もあったのですが、なんとか形になりました。

天狗という語句はアマツキツネと読むこともあり、字はイヌなのに、読みはキツネ、翼の生えた姿は鳥のイメージ。天狗っていったいなんなの？　という感じですが、剛籟坊に関しては犬っぽいかも。

おじいさんちの裏で真冬の雪の日も真夏のかんかん照りの日も、じっと佇んで「雪宥、まだ帰ってこないワム…」（↑大型犬なので、ワンと小気味よく発音できない）とか悲しげに呟いてそうで、やけに憐れを誘います。

人外生物なんだから、もっと傲慢に、もっと暑苦しく、もっと感情の赴くまま支離滅裂に「俺は雪宥が欲しいワムー！」とやってほしかったのですが、私のなかのヘタレ好きの血が騒いだのか、ご覧のありさまです…（笑）。

イラストを引き受けてくださった南月ゆう先生、ありがとうございました。いただいたラフがあまりにも素敵すぎて、息を呑んで見惚れてしまいました。恰好よくて美しい剛籟坊と可愛い雪宥に萌え滾っています。

そして、妖怪でもOKですよと太っ腹に許可してくださった担当のO様、挫けそうな私をいつも励ましてくださって、本当に感謝しています。O様がいなかったら、この話は書けませんでした。

最後になりましたが、読者のみなさま、ここまで読んでくださってありがとうございました。またどこかでお目にかかれますように。

二〇〇九年七月　　高尾理一

本作品は書き下ろしです

高尾理一先生、南月ゆう先生へのお便り、
本作品に関するご意見、ご感想などは
〒101-8405
東京都千代田区三崎町2-18-11
二見書房　シャレード文庫
「天狗の嫁取り」係まで。

CHARADE BUNKO

天《てん》狗《ぐ》の嫁《よめ》取《と》り

【著者】高《たか》尾《お》理《り》一《いち》

【発行所】株式会社二見書房
東京都千代田区三崎町2-18-11
電話　03(3515)2311[営業]
　　　03(3515)2314[編集]
振替　00170-4-2639
【印刷】株式会社堀内印刷所
【製本】ナショナル製本協同組合

落丁・乱丁本はお取り替えいたします。
定価は、カバーに表示してあります。

ISBN978-4-576-09125-9

http://charade.futami.co.jp/